邵桂香 著

英满东山

蔡丽双 题

中国言实出版社

图书在版编目（CIP）数据

英满东山 / 邵桂香著. — 北京：中国言实出版社，
2023.12

ISBN 978-7-5171-4717-6

Ⅰ. ①英… Ⅱ. ①邵… Ⅲ. ①长篇小说－中国－当代
Ⅳ. ①I247.5

中国国家版本馆CIP数据核字（2024）第017181号

英满东山

责任编辑：宫媛媛
责任校对：佟贵兆

出版发行：中国言实出版社
　　　　　地　　址：北京市朝阳区北苑路180号加利大厦5号楼105室
　　　　　邮　　编：100101
　　　　　编辑部：北京市海淀区花园路6号院B座6层
　　　　　邮　　编：100088
　　　　　电　　话：010-64924853（总编室）　010-64924716（发行部）
　　　　　网　　址：www.zgyscbs.cn　电子邮箱：zgyscbs@263.net

经　　销：新华书店
印　　刷：济南精致印务有限公司
版　　次：2024年1月第1版　2024年1月第1次印刷
规　　格：700毫米×1000毫米　1/16　11.25印张
字　　数：146千字

定　　价：68.00元
书　　号：ISBN 978-7-5171-4717-6

自　序

　　几年前，一个偶然机会，接触到陈炉石，感觉那是一枚很奇特的石头，奇特到每次观赏它时的感觉都不相同。首先是它那温润如玉的质感，在漫天白雪的腊月，拿起它，并没有感到不适，反而像是触到了柔和的美玉一般，柔滑、绵软，像棉球在常温里的感觉。只有在要拿起时，才觉得它不是眼睛里看到的那么轻，感官上出现很大落差感，会不由得诧异道："这么重！"这感觉像什么？猛地一下还说不出来，只是新奇。

　　小时候读《红楼梦》，对黛玉的名字有所思。自从看到了陈炉石，一眼就被它雅致的色泽所吸引，想了很久，才想到了林黛玉的"黛"字。直到有机会仔细观察陈炉石，就被它深色光泽所吸引，它给人以安静、稳重、恬然的抚慰，人便豁然开朗。其质地坚硬细腻若玉，叩击，声似介于金石之间，非常悦耳。无怪乎，曹雪芹赋予"黛玉"这个"质本洁来还洁去"的人物，菊兰秉性灵敏、机警、聪慧，还有极其敏锐的洞察力。从"石头"到《石头记》，再到读《石头记》的感想和对主人公命名的"黛玉"二字的感悟，便隐隐感觉到陈炉石有别于其他石头的不凡之处，从而便有了许多联想。

　　自然界石头的形态，在人们眼睛里被赋予了千奇百怪的形状，甚至赋予了想象力的灵魂。所谓之奇，也就在于此。人们在自由的想象空间里任意驰骋，才有了"任意"的种种结果，看山是山，看水是水，看云是云，看雾是雾了。甚至将多少梦里的希冀和"想象"也加入进去，更是"随心所欲"了，宛如梦幻一般。诚然，其前提是眼前石头的值得是不变的，也算得上一大"奇"迹了。作为艺术欣赏，奇石无疑是最直接的物质存在，也是大自然的馈赠，更是没有之二的存在。作为一个艺术鉴赏品的存在，它无疑是弥足珍贵的自然存在，而且因为是唯一的存在，人们便趋之若鹜了。

说石头，是一种寓意，一种宣扬，旨在反映时代里人的精神世界和价值观。取材于本地山上的一种石头，和用石头（奇石）来谋取其价值的故事，具有一定的现实反映，在了解认识的同时，增添些许的笑料而已。艺术和金钱挂钩，似乎在民间已经成了习以为常的事情，无足挂齿。而原本一文不名的石头，只因好事者偶然得了一二枚而视作"宝贝"。起初，山沟里随处可见的石头，似乎在一夜之间成了"珍惜"的天然"艺术品"，便成了有价值，且价格不菲的艺术品，据说，还是具有欣赏价值的艺术品。谁也没有料到，一块石头似乎在一夜之间有了身份，冠以其黄土高原上的一匹"黑马"，且如同天降的"黑马"，说宝马良驹也不为过。

总有一些人，一些"有文化"且目光如炬者，会成为"投资者""投资商"和"淘金者"，和其他宝藏一样，也有各色的"爱好者"投身其中，一时间熙熙攘攘，好不热闹。为利而来，为利而往，更派生出鉴赏家。居奇者，就连大字不识一升的也会侃侃而谈，大声喊叫"艺术物价"。用词不准不足为奇，而把石灰石视为宝贝者，那就太多了。譬如，某某在山里挖出一块石头，刷去表土，收拾干净，有一些"石花"，若再有像鱼虫花鸟、人物山水者，便会根据其形象取名，或"赋予灵魂"，便可就地起价，宝贝一样，惹得有"梦"者争相"品赏"叫价，甚至"一女"百家求了。但道有道规，行有行规，无论如何，也是车走车路，马走马路，自有好事者自觉地管理约束着这些貌似自由的"淘金者"。

有好事者，不知在哪里得知，说，经过考证，磬，乐石也。最早出自《说文》，小华之山多磬石，出自《山海经·西山经》。毫无疑问，咱这磬石就是这"陈炉石"，是有历史可考的。像这样似是而非，捕风捉影者，不在少数，更多的便是"据说、听说"云云，人云亦云者，不胜枚举。准确地说，所有的操作，都是有着发起人的目的，善意的又有几何？或许在原本善良的基础之上恶意炒作，也不是不可能。

《英满东山》中要讲述的主人公是卓尔不群者。一位有着高学历的大学生，一位是不屈于艰苦磨砺的高中生，在努力完成自己应尽义务的同时，借助地方资源，开发更具经济效益和社会效益的产业。"不以物喜，不以己悲"，想方设法为乡村振兴做贡献。这二人便是我们小说的主人公，回乡大学生华小满和有见识、自学成才的高中生高玉英，他们用自己的青春，用对家乡的热爱，率先打破了世俗的思维，在广阔的天地有了一番大的作为。

邵桂香

2023 年 12 月 2 日

目　录

001　引　言

003　第一章　槐荫古村

009　第二章　英子小满

020　第三章　城里相亲

030　第四章　美好愿景

040　第五章　无偿支持

051　第六章　意外收获

062　第七章　偶遇知音

073　第八章　终成眷属

086　第九章　岁月记忆

100　第十章　初见成效

112　第十一章　宝和拜师

125　第十二章　发现宝藏

136　第十三章　憧憬未来

146　第十四章　好事多磨

158　第十五章　奇石姻缘

170　尾　声

引　言

　　方雨花，来高华村当驻村第一书记已经三年了。她依旧保持着初来时的风采，保持着不厌其烦，认真负责的工作态度，和村民们建立了深厚的友谊，并取得了大家的信任。

　　2022年初春的一天傍晚，她一如既往地坐在办公室里，构思着很久以来的一个计划，她要用笔写下几年来工作的点点滴滴，这让她感动、令她难以忘怀的记录——一部她要诉说的故事，以便检验一下她这个中文系毕业的大学生是否还有当初那个水平，她打算写自己最熟悉的点点滴滴，所见所闻。

　　寂静的山乡，当初的思绪，寂静的办公室里，那些熟悉的面容和一个个远远近近的身影，是当下的记录，也是几年来心头涟漪的展示。一支歌悠然飘来，缥缥缈缈，天籁一般……

　　方雨花，高华村驻村第一书记，非常有文采。说起当地的一山一水都如数家珍，写起来也是妙语连珠，滔滔不绝，她有着绝非男人所具备的细腻敏锐。最近，区上要成立奇石协会，旨在把奇石爱好者组织起来，形成合力，这也使她萌生了著书的想法。她想在百忙之中检验一下自己的文笔，免得别人质疑自己这个文科毕业生是浪得虚名。

平时，她注意到当地特有的资源"陈炉石"，尤其是被其炒作得沸沸扬扬之后，她悄悄搜集了几块。慢慢通过和他人交流，耳濡目染，见怪不怪，把耳闻目睹的知识拿来检验，果然就有了些许认知，以至于喜欢上了这些石头。

有些事的传播和流行是带传染性的，必须得有它的市场和参与者，否则，不可能人云亦云，盲目跟风。基于此，通过逐步了解，和拿来有关地理、奇石的书籍研究，她受益匪浅，也增添了不少书本以外的文化知识。她想起了《精美的石头会唱歌》《雨花石》，甚至对《红楼梦》的原名《石头记》也有了兴趣。

领悟"书到用时方恨少"的道理，进一步明白前人说的都是有出处的话，绝非浪得虚名。很多时候，她会情不自禁哼唱有关石头的歌，讲有关石头的话，有人就揶揄她："你是行也石头，坐也石头，手里拿的也是石头，文章里说的也是石头，我看你是着迷了石头。"

她回答："凡事都得有石头一般的硬度，得同石头一般沉寂，有石头一般的守候，沉淀与守候就是一种德，一种不凡的大德。"

第一章　槐荫古村

正值仲春，山阴残雪莹莹，四野风景如画。

清溪碧浪惊人眼，岭上松涛动鹤声。风软已差春信送，柳青将把菜花迎。中午时分，气温已达十几摄氏度，因是植物萌发时节，旷野里早已弥漫片片鹅黄与浅浅嫩绿，万物都在悄然演绎着春的乐章。

一只黑褐色的雄鹰，从远处迷蒙的东山上静静滑来，像发现了什么，长啸一声，盘旋着冲幽谷扑去，似乎在表演"鹰之舞"。

此刻，从高华村小路上，缓缓走来两位年轻姑娘——英子和红红。

山道上，绿茵茵的蒲公英迎着风，颤巍巍地昂着开着黄花的头，在路边、在田埂、在人迹罕至的沟沟坎坎，像不知疲倦的孩子，歌唱着春的明媚，绿风的和煦，阳光的温暖。早已醒来的麦苗，在暖暖的阳光里摇曳，簇拥成碧浪随风荡漾，展示着大地无限的温存与深情厚谊。

她姓高，名玉英，乡里人称她"英子"。在渭北山里，有如此昵称者，一定是褒义。她年近三十，尚未出嫁，实属"老姑娘"了。

说起英子，村里人无不竖起大拇指，无不盛赞她懂事、孝顺、有责任心、有担当。原因是她为了父母的嘱托照顾生病的弟弟，而耽误了自己的终身大事，都快 30 岁了，还没嫁人，且无怨无悔，任劳任怨。对待乡里人，她和蔼可亲，古道热肠，助人为乐，只一个"善"字可以概括。村里人说起她，无不夸赞，提及她的处境，又无不嗟叹。而她似乎像风中的花木，生着平凡的绿叶，开着素雅的花朵，迎春傲雪，并不十分妖娆，甚至极其平凡。

她弟弟宝和，自幼身体虚弱，因一场大病使得行走不便，身边离不开人，这也是她没有嫁人的原因之一。在双亲离世后，照顾弟弟便成了她不可推卸的责任。

英子永远不会忘记母亲临终时，哽咽着、艰难地拉着她的手，眼睛里流露出殷切的光芒。

她干枯的眼睛含着泪光，断断续续说："英……英子……你哥嫂，我靠不住，你可怜的弟弟就……就……就指望你了，往后，你也得为自己想想了——唉，我恓惶的娃呀，你爸走得早，家里大大小小事都得，得靠你，我恓惶的娃呀，妈……放心不下……放心不下……"

在她的悲哀中，她亲爱的母亲带着未完的心愿、无限的眷恋去了。她忘不了母亲那绝望的眼神和喃喃嘱托，眼看着她的大厦倾斜、倒下。

山里人热情朴实，敢恨敢爱也含蓄，却鲜有像英子这样"难说话"。其实，人家压根没找谁"说话"，不过是有些人一厢情愿发牢骚而已。

英子住的高华村位于东山上，由于气候适宜，属暖温带大陆性季风气候，冬长夏短，雨热同季，雨量较多，四季分明。多年的飞播造林，使村里有了槐树、柿树、柳、杨、泡桐、核桃、花椒……

特别是槐树，自古就有，最为著名，且保护得很好。

说起高华村的古树，最有代表性的当然还是高建杰老人家门口的那棵老槐树。

据记载，高华村有三棵古槐，都有着千年历史。过去，村民一直以此感到自豪。其中一棵长在一户村民院中，那村民嫌古槐妨碍院子屋基，找人伐了。自从伐了之后，那村民家境不断衰落；第二棵，位于村原知青窑西侧20米处，高9米有余，树围3.5米，苍翠如黛，枝叶茂密，顶如华盖，虽历经沧桑，却依然苍劲挺拔；第三棵在村贤高建杰老人家。他家已经成了村里的乡贤馆，门口有副对联很能说明村子古老历史：古村古树古文化/流长古韵；兴义兴农兴旅游/思远兴邦。院里的那棵，树龄1300多年，枝繁叶茂，沉稳厚朴，于是就成了高华村的招牌。每当来了游客，必先看的是这棵古槐。

要想欣赏这棵古槐，得沿着青砖砌墙、水泥铺就的台阶下到沟里。十几米的不远处，有一大块平地，约有篮球场般大小，一棵巨大古槐，站在沟边。结实有力的树根，深深扎进沟边泥土里。斑斑驳驳的树干黝黑、粗壮、坚硬，看似得有两三个人才能合抱。由于太粗、太老，有部分根裸露在外。远远望去，葱茏一片，郁郁葱葱，树冠如伞如盖，几乎占据半个广场。此树和别树不同，一般树枝朝上生长，此古槐，树枝苍劲，枝叶翠绿稠密，枝杈朝下生长，上粗下细，像一只巨龙的爪，牢牢抓在沟边。据高建杰老人讲，这是龙爪槐，20多米高，树干直径最粗处近4米，树龄1300多年，经历无数春夏秋冬的轮回，见证了高华村的兴衰，被村民奉为神树。古槐黑褐色的枝条上挂着长长短短红布条和红灯笼，一看就知道经常有人把它作为神祇供奉。古槐左边不远处，原来是老人的家，现在已改为乡贤馆。乡贤馆门口不远处竖着块一人多高，长方形，有些凹凸的大石头，正面写着"古槐"两个红色大字，背面写着"平安"，字体苍劲有力。一问才知是老人自己的书法。据村书记方雨花介绍，老人是村里有名的书法家。

古槐下一大块空地，平整，整洁。据说早先这儿是市场，也是娱乐场所，村民在这里做买卖、看大戏、纳凉、谝闲传。到 20 世纪六七十年代，这里又成了会场，村里大小会议都在这儿召开。逢年过节，在这儿组织唱大戏、扭秧歌、舞狮子、闹社火……好不热闹。

平时，英子和村民们一样，白天忙碌，傍晚在老槐树下乘凉。她并不在意别人的目光，不在意他人背后议论她年纪大了，还没找到婆家。

如今，古槐已经是高华村的保护神了，是村庄发展农业观光产业的亮点。村民正积极行动起来维护这些古木植被，让它们成为娱乐休闲的重要组成部分，期望不久之后，将古老的高华村变为城里人们向往的后花园。

有诗云：

> 烈日遮阴脚下，寒冬挡雪村庄。
>
> 风吹雨打亦芬芳，托起华高希望。
>
> 不改初衷守护，永存挚爱担当。
>
> 挺胸昂首立山岗，总是坚强模样。

不仅仅槐树有名，还有一棵 500 多岁的老枣树，如今还郁郁葱葱。每年结不少果，果实酸酸甜甜，深受大人小孩喜爱。小时候，每逢秋天英子和小伙伴们经常到这里摘酸枣吃，留下许多美好回忆。

方雨花驻村时了解到，高华村不是个普通的村子，它有着悠久的历史。早在汉代，今天的高华村一带，就有先民定居。村东北部，有一处汉代文化遗址。遗址地表遗物较少，采集到的标本有汉代泥质灰陶，纹饰有绳纹、布纹、素面等，可辨器形为盆、罐、板瓦、筒瓦等。据村民介绍，遗址原为村北一个独立的小高地，前些年平整土地时推平，又在遗址中心修建了涝池。

高华村还流传着一项古老的民俗，那就是"燎干"活动。到每年年末，高华村村民会有一项有趣的活动"燎干"。"燎干"是高华村人必搞的新年活动，驻村的每一年，方雨花都会早早从城里赶回来，参加村里的"燎干"活动，和村民一起分享新年的快乐。

在高华村，元宵、除夕、小年节庆都要在院子里点火，到了正月十五是"燎干"活动中的"头干"，是"燎干"中的小火，孩子们成群结队挑灯笼串门子。花馍、豆包是稀罕物，只有嘴甜、会给爷婆说吉祥话的俊男靓女，才能接到这种"赏赐"，小时候，华小满、高玉英和小伙伴们一家挨一家地"燎干"，吃百家馍。

每到正月二十三，高华村家家户户送灶王爷上天。他们会烙很多小饼，焚香敬献灶王爷之后，再"燎干"送神仙。晚上，家家要在院子里打火堆，大人们忙碌了一整年，也该歇歇了，打火堆的差事便自然落在孩子们身上，孩子们正好乐此不疲。要打火，最要紧的当然是柴火。因此，腊月里孩子们就开始三三两两漫山遍野拾柴火，对于这个关乎谁家过年火气旺、火苗盛的脸面问题，孩子们是毫不含糊。终于把火堆打起的那一刻，过年最开心的时候悄然而至。大人小孩脸上绽放着笑容，被火光照耀得分外张扬，那冉冉升起的火焰，分明在预示来年红红火火的年景。除了打火堆还得跳火堆，大人告诉孩子："赶紧跳，跳过去，一年四季无病无灾。"一听这话，半大小子们便一个个像斑羚般飞跃过去。英子清楚地记得弟弟宝和病愈后的头一年，也上前参与了"燎干"。因腿有残疾，第一次没有跳过去，第二次还不行，他不好意思了，在乡亲们的鼓励下，终于在第三次跳了过去，引来全场的鼓励和欢呼。

除了大孩子，甚至襁褓里的婴儿，大人也会抱起来，嘴里念念有词，在火堆上萦绕几圈。唯有小姑娘们见这阵势，一个个低眉顺眼，窘迫得不成样子。最后，大人们会说去加点柴火也算数，这下她们才如释重负，争先恐后干起活来，因此，火焰冲天高蹿，整个夜晚村庄亮堂堂的，像白昼一样。

正月底，吃过饭，村中放羊拾柴的，特别是壮劳力，会早早把柴火堆在大门外空地上，放学回家的小学生、干完活的中年妇女、耄耋老人都会加入拾柴队伍，因为这是一年之中最后一次"燎干"仪式了，严肃而隆重的火焰似乎预示着人们的日子会越来越旺。人们还会欢呼跳跃于火堆周围，似乎在回望、怀恋远古人类告别茹毛饮血的祭奠。

由于高华村的"燎干"活动越搞越红火，吸引着许多山下市民也上去看热闹，当地流传着：

> 高华村里看"燎干"，大病小病都完蛋。
>
> 火堆上面一跳过，来年日子更红火！

过了正月底，"燎干"完后预示着年事已毕，春耕又要开始了。

有诗云：

> 春风和暖润山乡。古木围庄。
> 高华村里迎宾到，彩旗飘、锣鼓铿锵。
> 豫剧动听嘹亮，秦腔婉转悠扬。
>
> 黄昏临近众人忙，火照村庄。
> 欢歌笑语纷纷上，焰冲天、保佑安康。
> 祛病消灾祈福，盼来四季和祥。

高华村的变化，是几千年来中国农村变化的缩影，艰难、缓慢，有时甚至百年不变。自从三年前，方雨花书记来高华村驻村，居民甩掉了穷帽子，解决了吃饭问题后，人们过着日出而作、日落而息、安静有规律的生活。

第二章　英子小满

高华村，虽然在黄土高原之上，却也有古槐护村，历史悠久，人杰地灵。不但有着古老的历史，也有千年不息耀州窑延续的陈炉古镇。

云岭上还生长着窑工们喜欢当作美味的龙柏芽。龙柏芽，书上也叫"白鹃梅""金瓜果""茧子花"，是高华村一带特有的一种植物。春天里，东风劲吹，气温上升，龙柏芽开始发芽，嫩芽被村民摘了用开水一焯做凉拌菜，鲜美爽口，是特有的美味。后来，据说龙柏芽有保健作用，更有当地一位姓郭的文化名人，把它发酵加工做成茯茶，填补了漆水市没有茶的空缺。据说，后来还在茶文化节上获得大奖，给当地增添了荣誉，也给高华村村民带来不少收入。

更有高华村山间出土的奇石，因其特殊性，世人称之为"陈炉石"。验证了那句老话：粉蝶常有，漫山遍野；奇花不多，藏于山中。因为山有奇石，就有了今天我们要讲的故事，大自然是生长奇异的温床，便有了一段佳话。

不知从哪年开始，村里渐渐地来了不少城里人，他们大多是为了"寻宝"，开始在村四周，然后去农民地里，也有去野地里搜寻的。来的人多了，成了无形的广告，竟然把这石头的名声传扬到千里、万里之外。好事者多了，"传媒"也就多了，原来名不见经传的石头，一夜间成了奇石爱好者追捧的香饽饽。而我们的女主人公，除了照顾弟弟高宝和的认知以外，似乎不太关心其他。

她处在人口流量渐多的山村，也免不了受到一些人的骚扰，主要是一些外来人的觊觎。有走村串巷的中年人，不知从哪里得知英子三十岁了还没嫁人，就动了小心思，有事没事便在村里走动，一有空便去搭讪英子。英子是高中毕业生，见过一些世面，不会像不出门的女孩那么扭捏，照例会大大方方待人接物，并不晓得来人居心叵测，也就越发使得别人异想天开了。

她有她的心思，她有她的所想，只是被封存在心底了。最近一段时间，那颗少女的心有时会怦然而动，就是为了他，一个从城里回来、她"以前的恋人"，他叫华小满。他们可以说是青梅竹马。一时间，她有了许多错觉，比较复杂的那种感觉。不是青涩，亦非猜忌，又不是羞涩，总的来说是说不清道不明的那种矜持吧。或许是难以描述的云朵，翻来覆去令人难以捉摸。也许包含着人们常说的那句话，叫作"无以言表"，只是一个"等"的意思吧。有点"为赋新词强说愁"的意味，总之，只有她本人知道。

那年，她 15 岁，初中毕业，母亲发现比她小三岁的弟弟宝和身体越来越虚弱，就让她辍学了。四处求医无果，把家里折腾得欠了不少外债，眼看着大儿子大了，快该娶媳妇，也不敢再继续欠账，抱着听天由命的心理，任由他去。

也许是他命大，或许是老天悲悯，听了一个乡村医生的偏方，采用渭北山里出产的，以宜君党参为主的几味中草药，使他身体竟然慢慢有了起色。在大哥娶媳妇后，也能像正常人一样去读书了。就在那年冬天，他亲突然得病，没过多长时间，便去世了。

第二年春，母亲也因病走了，真是祸不单行。英子熬到高中毕业，说什么也不去上学了。她哥哥高新发也没主意，因为他娶了一个厉害媳妇，不久就搬出去过日子，极少过问英子与宝和姐弟俩了。

懦弱的哥哥因为有了"不讲理"的媳妇，渐渐地，有意无意地和姐弟俩疏远了。开始，她还和同学有来往，自然是她同村的同学，也只有她青梅竹马的华小满来她家最勤，他俩也说得来，投缘。随着时间的推移，华小满考上了大学，见面的时间就少了，后来一年半载也不见小满踪影，她免不了心灰意冷。好在英子也适应了面朝黄土背朝天的生活，往昔也渐行渐远了。有人给她提亲，她一概拒绝，也不屑什么"委婉不委婉"，直截了当。

一次，80 多岁的老牛倌，和她也沾亲带故的村民华建树颤巍巍地来到她家，给她提亲，说的是本村的后生朱宏。他也是受人之托，本不想来的，无奈介绍人的面子不好推辞。

"你不要见外，行不行一句话，我是受副村主任委托。"

老汉木讷地给她说道，像是做了不该做的事一样。

英子把泡好的茶水放在老牛倌面前桌子上，客气道："不说这事，您老喝茶。"

似乎这事与她无关。老汉知趣地解释：

"实在不想来，架不住副村主任嘴胡咧咧，我也权当走过场。好像跟我说那家货是啥'老板'，我当然知道我们英子的心劲儿和人品，不用说是没戏的，我也算走走过场，没有半点别的意思，你不要怪我多事，给我娃添堵——唉，我也是老没出息的。"

英子并不怪老汉，平静地说："没事，没事，咋会怨您哩，您老没事了，常来屋里坐坐，说说话，我也是一天无聊得很。"

就这样，不少提亲说媒者都是无功而返，渐渐地平静了下来。

不久前的一天，宝和从外边回来，说他看到华小满了，开一辆小车，白色的，还问了"你姐在家不？现在干啥哩？过一段时间我去看看她"。

宝和看着姐姐的脸，说了些他遇到姐姐熟人的话，英子淡定地"嗯嗯"两声，再没说什么。

过了大约一个月时间，华小满来了，他提着一大包东西，有水果糖，有果脯，有热板栗，有二斤牛肉和几斤榛子，还有一部新手机。宝和看着他姐姐好像视而不见，把华小满往外推，她没有一丝表情，只是说："把你的东西拿走！"

可华小满好像刚要说什么，英子不听，坚决把他向门外推。然后，她把大门关上，回到屋里号啕大哭一场，吓得弟弟宝和不知所措。

后来，华小满又来过两次，英子还像那次一样，干脆不让他进门。宝和不知道怎么回事，也不敢问，倒是觉得他姐姐不讲理，"不分青红皂白往外赶人家"，心里说他姐是"嘛米子"。

倒是英子似乎看出弟弟的心思，说道："看啥看，我知道你想的啥。"

宝和追问："我想的啥，你就知道，看把你能的。"

英子对他"哼"了一声，并没有说出后边的话来。宝和只有在心里嘀咕着："嘛米子。"

宝和把这事对他大哥说了，嫂子红红在一边听着，俩人开始不发表意见，跟无事人一样，这让宝和很生气。他不知道的是，他的嫂子红红心里早就有了想法，只是没有好机会对"大姑子"说而已。

过了一段时间，见大姑子那边没什么动静，便去她屋里找她，当然后边跟着他男人高新发。对着英子好不容易婉转说了半天，才讲出了她要给她介绍对象的事。

开始，英子满心地不高兴，架不住她嫂子有一张能"口吐莲花"的巧嘴，就有一句没一句地说了起来，说到大半夜，还约定了去"见面"的日子。红红才得意地扭着腰走了，一脸抑制不住得意的表情，哼着《三滴血》的段子走着。

从英子那姣好的面容上，不难发现有一丝丝岚烟，像薄纱似的只有在非常静止时才影影绰绰被察觉到。走在她前边的是一位比她年龄稍长的村妇，是她嫂子。她嫂子人称"嘛米儿"，她的大名"红红"，姓孙，可是很少有人叫了，大概是个难缠的角色，鲜有人晓得她"刺玫"的名字。她在前，"老姑子"在后边跟着。她行走的步履很飘，似凌波微步，又似乎走不稳，像是头重脚轻。

小姑子不小，老姑娘不老。当嫂子的刺玫其实还要比高玉英小两岁。只见她体态微胖，肤色粗糙，稍显发黄，中等身材，一对大眼睛滴溜溜打转，眼帘微微下垂，似乎很有心机似的。薄薄的嘴唇右上有一颗小小的痦子，像刻意的点缀。一件灰蓝色风衣，一头才烫的大波浪蓬松着，一开口放出并不标准的普通话，她对小姑子说：

"英子，对于这个家，你已尽到了责任，已经让你付出够多了，谁也没啥可说的，这次该给自己想想了，总不能真的把自己给耽误了，你说是不是？"

对嫂子的话，英子没有回答，而是若有所思：

"嫂子，你先头里走，我突然想起，给宝和洗的衣服还没晾出来，这会儿太阳正好，晚了就干不了。"

说着她便转身向回走去，还放出一句话："嫂子，你在大槐树那里等我，我去去就来。"

她给嫂子说了，就要往回走，刚走了没几步，有一辆奥迪车停在她身边。从车上下来的是一位城里来的，英子认得，他叫李暴发，人称李狗，据说是个暴发户。其实，他真正的名字，知道的人并不多，大家只觉得他很有钱。有人说，他买石头不搞价，出手阔绰。他听说英子家里有块上好的石头，就去看，英子不认识他，但出于礼貌，还是让他进屋里看了。他先是看见英子，被她的美貌所吸引，又听说她还是单身，便来了兴趣。交谈中，他得知英子的情况，动起了歪心思。用轻薄语言撩拨，竟然受到英子呵斥，便悻悻而去。但，贼心思依然在，有事没事，有空便摸到这儿骚扰她。每次都没有好脸色看，但心仍不死。

英子也是没有办法，只得躲着他了。刚才，他远远地看到英子，便想起了前去骚扰，没料到又过来一辆车停在了后边。从车上下来一个人，城里口音，说道：

"挡着路干吗，没见这里路窄？快！让开！"

他见是一个身材魁梧的小伙子，不敢说什么，便上车去让道。又见来的车上下来一个老板模样的人，他穿一身牛仔服，五十来岁年纪，指着李暴发道：

"你！在这儿想干啥！劫道么，还由了你啦？"

见那家伙灰溜溜地走了，老板模样的人问英子：

"他是做啥的，你们认识吗？"

英子说："知道他，是来买石头的，是个坏蛋。多亏遇上了您，谢谢！"

这时，就见那家伙发动了奥迪，"呼——"的一声把车开走了。英子这才对这位牛仔服再次道了声谢谢，才往回走。后来，她才知道这位牛仔服叫王清云，也是奇石爱好者。

望着英子背影，红红叹了口气，嘴里嘟囔着："唉！看把人忙张的，不知心里一天都想啥，做啥都没个谱，慌得跟拾炮仗似的。唉！这累赘，也是把她给了个咋，熬煎啊！"

红红嘟囔着向前移动，她之所以为老姑子"操心"，还是受男人和邻居的嘱托，本不是她心甘情愿做的。

她男人，高新发，一位很勤快，但又比较懦弱的汉子。一年四季几乎很少在家，大多数时间在城里打工，人称农民工，似乎她嫁给他时他就极少时间在地里干活，农活几乎不做了。前些日子，他从城里回来，说不干城里的活了，要去挖石头。并说，挖石头能挣大钱。红红当然晓得他说的那个"石头"，也常见有村民从地里挖出石头拿城里卖，起初很好奇，再后来，见偶尔有城里人进村买石头，且价格据说还不错。牛倌一块石头就卖了1万多元，不知是真是假。

她听男人说："就是咱这里石头，弄得好了一块石头卖钱，顶得上二亩地的收成哩。"

她也晓得，一亩地产的粮食得值几个钱，也就不嫌弃男人挖石头的决定了。再说，早年就有人拿这里的石头当宝贝，她还是听他爸说的，说那是在很久以前，就有知青把这里的石头当作宝贝，据说还有本书，就叫"华原石"，说的就是石头的故事。她也就由着男人折腾。

正冥想中，听到有人叫她，抬头看时，是村里的华小满。只见他一身藏青色西装，十分干练，年龄也有小三十岁，大学毕业后留到省城打工，回来没多长时间，说要回乡务农，不去城里了，哪里都不好混。有人说他不务正业，有人说他是没出息，对于大家的话，他都呵呵一笑，并不解释。偶尔也有叫他去山里挖石头，还煞有介事地说，要在这儿搞一个地质文化馆。此刻，他正把车停在路边，笑着向红红打招呼：

"嫂子，你独自一个，我新发老哥哩？他不怕谁把你拐跑了？你这是在等谁，感情不是背着我哥，偷着跟人约会吧。"

红红也不是省油的灯，骂道："死鬼，你跟我约会啦，你媳妇呢，咋没见你带回来，让嫂子看看么。"

小满似开玩笑地说："我媳妇，不是你给我看着哩，你还不信？撇嘴干啥，不信咱就走着瞧。"他说得煞有介事一般。

"你个死娃，也会拿嫂子开涮了，小心我见了你媳妇告你的状。"

见他"玩笑"开得离谱，红红就把话岔开："听说你跟英子还是同学哩，我告诉你，今儿个我就要带她去相亲哩，她一会儿就来。"

小满不再胡说了，一本正经问红红："你，带她，去相亲？真的假的？！"

红红笑了："是啊，不打诳语；你拿嫂子打哈哈，小心舌头叫老鹰捉去了。贫嘴，看风闪了舌头，哎，你咋还没问媳妇呢？你怕有三十岁了吧？！要找个啥样的？"

华小满若有所思，突然，他一脸坏笑："最好像你这样的，要不像英子那样的也行，你当家不？不会是拿我开涮吧。"

他嘴上这么说着，心里依然像在等着什么。向村里方向多瞟了几眼，再看着红红说："咋就你独自一人？没相跟别人？"

红红道："相跟谁？"她也不晓得他说的那人是谁，平时她去哪里不是自己就是和男人一块，他说的意思她不懂。

华小满竟然直接说了："我说你家的英子。"

哦，红红恍然大悟，答道："她呀，今天就是随她出去的，有件关于她的大事。"她环顾一下，接着说，"咋还不见踪影！"

她看看小满的车，笑着说："小满，听说你常去沟里寻找石头，估计也卖了不少钱吧？"

小满道："是的，不过我不卖钱，只是寻找那些有代表性的石头，并不太注意石头的'卖相'，他们是不懂的，把宝贝当赚钱的商品了，我要也是那样，还不如去城里挣钱去了，我有我的目的，不玩石头。"

红红一头雾水，她不知道他在说什么，似乎若有所思一般，又像云里雾里。看他对其他没兴趣，她便又提及她家的老姑子，卖萌似的说：

"唉，说起英子，成了我这当嫂子的一块心病，30 多岁了，心里啥啥不容，都得我惦记着，愁死人了，真愁，真愁人哪。"

她表情十分夸张地展现在白花花的太阳下："真的，你说，不管吧，别人说长道短。管吧，她又不听，你说让人发愁不？我也是愁得一夜一夜睡不着，一天一天吃不香，唉、唉、唉。"

华小满倒是笑得咯咯地，说："我知道了，谁难也不比你难，的确是很难，老大难。英子这娃也不体谅体谅她嫂子，真是不懂事的瓜娃。"

他俩说笑时，英子刚好走到面前，一见到华小满，便打招呼：

"小满，你一天忙着做啥，听说你有时也去沟里挖石头？"她问小满道，"放着省城你不去，回来去沟里寻石头，你对这石头还有啥想法，讲出来听听么。"

华小满说："你说对了，英子，咱这儿的石头，不是一般的石头，你没看这儿的石头与其他地方石头比较，有哪点不一样吗？"

英子诧异地问："有啥不一样，不还是青石，要说有不同的，谁都知道，不就是零零散散埋在地下，"她停顿一下，接着说道，"所谓不一样，就是石头上那稀奇古怪的图案和石头的形状，再有啥异样，我眼拙，还望赐教。"

"哈哈，赐教……"小满乐了，他欲说还休。

看着他曾经的同窗，脑海里顿时飞出十几年前他们的少年时光。

背着书包带着干粮，一同从村上去往二十里外的学校上学。一路上，他俩谈学习，聊逸闻趣事，讲学习上的问题，憧憬对未来的希冀。那无忧无虑的好日子似春天的流水，不经意间就成了过往、记忆，成了名副其实的往昔岁月。

可天不遂人愿，还没读到上高中，她便因家里变故——父母相继离世，身体残疾的弟弟无人照料，不得不辍学。从那时起，英子就像离群的雁，和小满渐行渐远。一个成了村姑，默默地肩负着生活的"重担"；一个成了大学生、研究生。他俩后来极少见面，所谓的"同窗"只是过往里的一个"曾经"而已。而事实并非如此，情感细腻、心思缜密的两个人却并非剧本里讲的那样，也不是所谓的"负心汉"与"痴情女"那般的逻辑思维，且看两人的日记摘抄便有分解：

宛若画外音一般，英子道：

"平复的日子似无语的书，无论你打开或者合上，她都在玉宇中诵读。

分别后便期待重逢，我想，在人海的喧嚣里，有缘就一定会有邂逅。"

在小满的日记上，记着：

"独自走在山路上，风儿掀起心里的惆怅。

草丛中没有蝈蝈的快语，偶尔却听得蝉的叹息低唱。

你是高原上的枣花，是你那酸甜的幽梦，

甜蜜着我的幽梦，甜美着我千里万里的向往。"

白花花的阳光温暖着故人的心。华小满看了一眼英子，说："呵呵，你这是去哪里？不会是去镇上赶集吧。"

"你说对了一半，我们是去给英子相亲哩。"站在一旁的红红说道，"你多好，知识分子，要风得风，要雨得雨，小车开上，到处兜风，乐哉悠哉。不比我家英子，没人疼没人爱的，唉！"

她煞有介事的样子竟然惹得英子差点笑了出来。

她对小满道："她说得对着呢，我去了。小满，闲了来家坐坐。"说着便转身就走，红红随后小跑着追去。

华小满愣了半天，反应过来，才对着二人远去的背影叫："哎，哎，英子，英子……"

看着英子远去的身影，他心里很不是滋味，却没料到她竟然是去相亲，这才想起刚才见她眼里饱含幽深之情，心里很不是滋味。和她离别以来，一直在忙碌着他所谓的事业，也见惯了许多的尘世喧嚣，一直忙忙碌碌，无暇顾及自己的"人生大事"，刚才的故人邂逅，让他联想了许许多多，有深远情愫，也有激荡的情怀。面对故人，一时间来不及梳理，她便要去……他不敢多想，开车便去追。

第三章　城里相亲

老牛倌长得很结实，大个子，紫红脸色，厚嘴唇，不善言谈，却不乏带有"智慧"的光芒，长期劳作使得他的骨架显得很硬朗；他已经过了 80 岁大寿，也时常去地里转悠。他看到英子和红红急匆匆从家里出来，一会儿又见英子独自急匆匆回来，便问：

"英子，你忙忙活活地做啥？来了去了。"

英子笑着回答："去赶集哩，大叔，你捎啥不？"

老牛倌说："不要啥，现在老是咳嗽，烟也不敢多抽了。你去吧，看红红还在候你哩。"

他顿了顿，关心地说道："英子，叔有句话要对你说，你得把自己的婚事放在心上，叔我都替你发愁哩，唉!这多年，苦了我娃了，送老的，照看小的，把自家的啥事都不当回事，实在，我都看着着急哩。"

英子道："谢谢叔，我记住了。你戒烟是好事，可你吸了一辈子了，就吸点好烟，我给你带回来，走了，叔。"

老牛倌坐在石头上晒太阳，看到有车来，便知道又是有人来买石头了。车停到老汉身边，只见高新发从车里出来，他对老汉说道：

"叔，您咋独自坐在这儿，风大，快回屋歇着，沏上茶，多美。"说话间，他从口袋里取出一包中华，递给老汉。

老汉接过看看，说："好烟，你卖石头发达了，都抽上好烟了。我问你，你也老大不小了，不要只想着自己，也得想想你的责任哩。看看你妹子，也得该为她着想了，她放弃了读书，替你照看宝和，也有多少年了。总不能眼看着她一辈子大事给耽搁了。你呀，实在作孽哩。"

听到说英子为家里操劳，还把自己的弟弟宝和看大，新发垂下了头，他对老汉说道："不是我自私，不关心她，她不听我的话。这不，今天就叫红红跟她去相亲了，这会儿估计已经到了镇上。"

听他说话，老汉方才想起刚才英子说的话，便嗯嗯地点头，他说："就是哩，常言说得好，长子为父，你得为你妹子多想想，她这些年多不容易，也耽搁了自家的人生大事。"

新发听了，频频点头，连连称是。

他说："叔，您不晓得，英子性格您也知道，拗得很，有些话，我也不好说她。"新发谦恭地对老汉诉说着他的委屈。

"叔，以前我去城里打工，顾不上家，也顾不上妹子的事，这不，自打我回来，就把她的事始终记在心里。卖石头是挣了些钱，给她存了不少。我也想了，要给她好好寻找个婆家嫁了，总不能让别人说啥，更不能让英子委屈了。"

老汉听他讲得头头是道，称赞道："应该的，这才是高家老大，我给你点赞。"说着他竖起了大拇指。

他接过新发递过来的火，吸上了一支香烟，把烟盒递给新发。

新发说："您老拿上吧，我还有哩。"

说着他起身对老汉说："走，我送您回屋。"

老汉摆摆手，笑着说："不了，我走走，走走舒服，在屋里久了，浑身难受，得锻炼锻炼哩。"说着他对新发讲，"你回吧，我去走，记着我的话，多关心你妹子。"说着老汉迈步朝野外走去。

在镇上，华小满把车停在一处场院里，笑着对红红和英子说："走，既然来了镇上，我请你俩吃顿好的，想吃啥？"

他说这话对的是谁，只有英子心知肚明。

英子就不客气地说："好。"她对红红说，"吃鳖喝鳖不谢鳖，你想吃啥，只管说。"

红红感到诧异，她说："咱还得干正事哩，不要让人家等久了。"

似乎这话不是给英子说的，她已经兴致勃勃地要去下馆子，说道："好长时间没吃过油旋了，最好再吃点龙柏芽，也好久不见了，还有些想得哩。"

小满乐了，笑着说："吃啥油旋，咱吃大餐，鱿鱼海参也是人吃的。"

红红惊诧不已，她可想都不敢想，便默不作声了。

于是三人来到镇里最大的餐馆，一落座便有服务生走来招呼，叫点菜，英子却尴尬了，她根本不晓得山珍海味的菜名叫什么，便抬头看着小满。小满似乎很得意，说了几个红红和英子从没听过的名词，什么红烧海参，清蒸鲈鱼，红焖羊肉，糖醋里脊，红烧肉，龙柏芽等一共十几个对英子和红红来讲很少听说的菜肴。

英子小声问："这得多少钱？算了吧。"而红红却说："小满大气，今天我也跟着品尝一下山珍海味哩。"

而小满似乎不屑地笑着说："不算啥，这是城里稀松平常的事，不算啥，不算啥。"

说得轻描淡写，令红红更是唏嘘不已了，不由得想到了自家男人平日里那节俭的模样。

"现在乡里和城里一样了，山珍海味也是百姓家不稀罕的味道，并不稀罕。"

他说得轻描淡写。一顿饭下来，让两个村姑不敢相信，一顿饭竟然抵得上她们几个月的花销。

而小满却说："今天没喝酒，给我省了一大半的钱。"

她俩将信将疑，并不作声。红红这时也忘了她此行的目的，一声不响地跟着小满在镇上走马观花。

从镇里回来，新发问及媳妇去相亲的情况？他今天得到老牛倌的首肯，颇为得意，回到家里，自己去调了两个菜，取出一瓶六年西凤，自斟自饮，倒也很惬意。

他搜集奇石，源于一个偶然。以前他爱好打猎，闲暇时常常带着他的黑虎去野外搜寻野兔、野鸡，并不为收获，只是为了逍遥快乐而已。

有一次，他远远地发现一只黄羊，便急忙给铳子上了火药，装了底火，却忘记了把枪子用棉花绺子塞住。等他蹑手蹑脚摸到黄羊附近，举枪，瞄准，开火，一气呵成的动作后便是一声并不清脆的响声，只见那黄羊像离弦的箭一般，忽地便消失得无影无踪。自然他是白忙活了，只有自嘲的份了。低头看到地上一块石头，便坐上去，他的黑虎也煞有介事地蹲在他身后。

他对黑虎说："没塞绦子，你咋不提醒？没事就会干叫唤。"

他是说狗，也是说自己，更像是自嘲。抽了两支香烟，眼睛突然盯在了石头上。他看着看着就站起了身子，再仔细查看，竟然发现他坐的这块石头很有意思：一匹马正跳跃深谷，马背负一人，似乎还佩带宝剑，煞是威风潇洒。他甚感好奇，用手翻动翻动，转圈看了看，只见石头是长方形，而且六个面都有图案，更觉好奇。随手抓了一把野草来将那粘附的杂物清理掉，竟然看得出石头上六个面竟是六幅图画，更是惊异非常。他看石头的尺寸，大约长45厘米，宽36厘米，两手去试了试，约莫有八九十斤重。他决定要扛回去，于是，他便将石头扛到肩上，迈开步子朝家走去，黑虎快乐地一会儿跟在身后，一会儿跑在前面，屁股一扭一扭。

他没想到，这块石头成了他人生中的一个里程碑，也唤起了他作为兄长应该考虑的事情。面对来家问询看石头的妹子英子，他心头就升起了一个当兄长的自豪与任务。

那次他下沟里，看着房子里摆着他从沟里挖来的奇石，非常得意。这块六个面图案酷似"跃马檀溪、文姬归汉、千里走单骑、溪山行旅、火烧连营、三打白骨精"。还是英子聪慧、有知识，读书多，都是她凭着想象，一一解读了图案，讲得新发心里乐滋滋的。他当时就在口袋里凑集了100元，让老婆去小卖部买点酒，强调要六年西凤。

这石头被城里一位奇石爱好者估价30万元，并说如果他肯出手，愿出高价，因此，他也为自己的好运气，得意洋洋了几个月。加上他收藏的那些，估计至少也能卖上百万元了。因此，他便想到了妹子的终身大事，虽然如此，他还是不敢让老婆知道，就怕她闹腾，这成了他心里的秘密。

他忘记了他的自信是从哪里来的，说话口气渐渐地变了不少，从没底气到有底气，再到敢吼喝红红，委实是不可同日而语了，就像红红揶揄他的话：

"笨狗扎个狼狗势，不知道哪来的自信，嗓门高了，口气大了，腰杆子硬了，心眼似乎也多了。"

更有英子那轻轻的、淡淡的、幽幽的声音道："经济给了想法，石头助力心劲，显得多了，见得多了，把所有的颜料混到一起，判定不了该描绘啥了。"

这些话红红似懂非懂，照例频频点头，倒是惹得英子淡然一笑。

媳妇却支支吾吾回答不上，许久才长叹一口气，回答："没趣。"她倒是觉得很没意思，淡淡地，很没底气地说道："我觉得咱是咸吃萝卜淡操心，英子的事情，估摸咱也做不了主，不如让她自己找吧。"

新发知道老婆的心思，他虽说满心不悦，倒也不敢表露。看她前后忙碌，其实心不在焉。酒喝得他云里雾里，啥事懒得多想，用他的话说，听之任之，明日有明日事，多想无用，便翻身打起了呼噜。

这时，西边的太阳还亮晃晃，塬上的风依旧呼呼刮着。

关于小满的婚事，华建林老汉和他老婆子没少唠叨，只见这娃次次都是满口应承："好好好，行行行，没问题，莫嘛达。"就是没有了下文，甚至去了省城，说忙得很，抽不出空，等等，予以结束，再不就是几个月不见人影。

老婆子埋怨老头子道："他爸，不行咱托人给小满做工作，要再这样吊打下去咋办，你们一个个不在乎，我都让人问得抬不起头了，唉！"

华老汉更有理，脸一沉，把正端着的茶杯子在桌子上一放，道："他不听话，你催促我？有用没？还不都是你惯得。看看咱淑娴，虽说挑剔难说话，也没有像这娃，答应好得很，那软硬不吃的货，糊弄一回算一回，总是有理，有事，莫嘛达。"

华老汉说着说着就来气，点上旱烟锅子，吧嗒吧嗒紧吸两口，狠狠地说："这尿娃，这次疫情回来，就开始弄石头，着了迷一般。"

他又吸了一大口烟，然后，把烟袋锅在脚后跟磕了磕，起身将烟袋锅朝腰里一别，说："我这就去寻他小崽子，看他再给我说啥。真个是长大了，儿大不由爷了，我还就不信了。"

老婆不屑地冲他一笑，揶揄道："不要在我跟前威风，我就等候你的捷报。"

她不屑地看着老汉说道："没有金刚钻，别揽瓷器活，我知道我说话没分量，希望都给你啦。"老汉听这话越发地来气了，他说出了他自己的理论，道："本来应该你去说才对，没听俗话说，'爸说女，妈说儿'？"

他话没完，就听老婆子讥笑："唉！完了，完了，还没咋，就先冒气了，哪里的还古人，说，哪里的'古人说'，我咋没听过，你自家杜撰的吧，看你老实，还会编瞎话，拿来蒙骗我老婆子。"

老两口唠叨着儿女的牵绊，说着说着，老汉又坐了下来，重新给他烟锅里塞烟丝。这下老婆又训了起来，她说：

"看看，尿了吧，一说去娃那儿说正事，就蔫了，尿了，啥啥都得我老婆子，这事，你去也得去，不去还得去，反正，我就要看你咋弄——不信你猫不吃糍子！屋里的啥啥都指望我，我死了，你就高兴了，哼！诸事都把我朝前推，你在后边落好人，我是吃了糍糊还是喝了迷魂汤，就你老华家人能行，心眼够数？你到底是去，还是不去？"

华老汉这下蔫了，连连道："服服，我服了。嘛米儿婆娘，我这就去，就去。"像以往一样，究竟他还是底气不足地服软了。

他起身就要走，这时老婆口气才温和一些，她说："等等，"她去灶房里拿了几个白蒸馍和一瓶子油辣子，塑料袋装了，说道："把这辣子跟蒸馍给娃拿去，唉，也不回来，有家没舍的！"

华建林老汉住的是新房，前两年脱贫攻坚时建的，家家户户都是红砖碧瓦，地面硬化，窗明几净，街道宽敞，一派新农村气象，跟城里没啥区别。一些本来申请建房子的村民，也在筹划内修建了房屋，华小满当下住的就是。村头墙壁上是彩绘的《二十四孝图》，是区上艺术家们的作品，还有八字硕大的标语：不忘初心，牢记使命。

华建林老汉出了家门，迎着落日余晖去儿子家。有人和他打招呼，说他去儿子那里，咋还带着吃的？他不假思索地应付着，就见远远地迎面过来了村书记方雨花，她先是向老汉打招呼，询问老汉手里提的什么，又嗟叹："这就是当老的，多大了，还得操心吃了没，喝了没，可怜天下父母心啊！"

还是书记有水平，说起话来头头是道，句句在理。老汉看着和蔼的书记，想到了儿子的不听话，他要说啥，却又打住了，只是嘿嘿一笑："老奴隶哩，唉！老不中用了！"

方书记驻足，华建林老汉也停下脚步。方书记说："大叔，小满好着哩，我看他有文化、有理想，你可得支持他哩，他是咱村为数不多的高才生，前途远大，咱可不能拖他后腿，据说那两年在省城做活，还是工程师，那多好呀，也是您老跟我老婶子的功劳哩，咱可得支持他哩。"

年轻的方书记说话好听，华建林老汉十分受用，他谦逊地向她报以谢意，说了些感谢不尽的话，直到书记说她要去看一户村民，他才如沐春风地走了。

来到老屋，见大门锁着，向邻家汉子打问，汉子答道："没见回来，今儿一天没见他面。"

这时，有过路后生，名叫三喜，二十来岁，瘦高个儿，脸色黝黑，看上去很健壮，他乐呵呵地，一口白牙格外明显，说："叔，我见他了，你娃他一晌午开车拉着高新发的老婆和他妹子英子两个，在镇上下馆子呢。我看他们说得热闹，也就没打招呼，见那英子跟新发婆娘俩都穿得整齐，跟相亲一般，呵呵。"

邻家汉子回家去了，三喜笑着对华建林说："叔，你找他有啥事，说不定一会儿就回来了。"

他说着在路上来回张望，就听他说："回来了。"

他指着英子家方向："看，那不是他的车。"老汉望去，就见他儿子的白车朝这边过来。三喜便走了，一会儿，那车就停到了老汉面前。

"爸，这么晚了，咋过来了？"华小满下车，跟他爸说："我刚说明天要去找你，有事跟你和我妈说哩。"他面带微笑，一脸喜气。

华建林老汉一肚子话要说，一看见儿子，马上忘了不知道说什么，问儿子道："你吃了没，咋回来这么晚？"

似乎儿子跟老子是冤家，没有多余的话，对话尤其简单，问答尽量是压缩到最少的字数，更别说促膝谈心啦。老子的心是暖的，真情的，期待回答的，而儿子的语言确实近乎生冷又像和外人说话一般，虽不是生搬愣倔，也是一问一答，没有多余的话。因此，在老汉心里常有"热脸贴到冷屁股"的感觉，因而便长话短说，无话说了。就连读了几十年书的华小满也一样，虽不明着犟嘴，但也是不冷不热的态度，因此，就会想到那句酸楚的嗟叹："可怜天下父母心。"父亲的仁慈、隐忍和包容，很少使得儿子注意，又有哪个老子会跟儿子计较呢。他依旧是慈祥地看着儿子笑，抑或是得意，并不在乎他人的看法与认知，像大地一般宽广，像江河一样包容。

华建林老汉回到家，只是把听到儿子告诉他的信息跟老婆如实学说一遍，再无多余的话。老婆敏感地捕捉到一个信息，那就是"英子"这个名字。她认识这姑娘，也知道她曾经是儿子的同学，还晓得她为照看弟弟至今没嫁人，更是赞许那姑娘的人品，当然也看中她的相貌。只是……只是她的年龄大了点，想来与小满差不多大小。她觉得很满意，但又想到英子弟弟，不知道咋办。她的思维照例也是得陇望蜀，追求完美，想来也是人之常情。

因此对老汉道："你看咋样？就是她还有个弟弟叫宝和，宝和聪明，现在也不小了，没读过几天书，听说身体虚弱得很，不能出大力。"

老汉说："你知道啥，那是以前，这娃的病现在好了，听说天天锻炼，又吃药调养，跟常人无异了。再说，现在也没有那些出死力的活，我看没啥大不了的。人么，哪有十全十美的，再说，小满也不是傻子，他会有办法的。"

老两口就这样捕风捉影地说起来，不管怎么说，老汉出去一趟，还是带来了好消息。也得到了不小的慰藉，心里美滋滋的，看老汉打开电视，也不像以往那样嘟囔了。而老汉却把音量调得很大，电视里正唱着豫剧《朝阳沟》，"亲家母，你坐下，咱俩说说知心话……"她看老汉高兴，也被电视上的热闹吸引了。老两口便计划起了给儿子"娶媳妇"的美事，或许还会憧憬当爷爷奶奶的美梦。

第四章 美好愿景

随嫂子去相亲的事，英子本来心里就忐忑，恰好路遇小满，触到了他的尴尬。应该高兴，但她似乎愈加一下子陷入迷茫。尤其是小满的出现，像在她原本恬静的心湖里丢了一颗石子，激起了一朵难以平复的浪花，涟漪久久不能平息。

他俩是青梅竹马，也是知根知底的乡党、发小与同窗。春天里，冰雪消融，英子和小满一块儿去上学，他们走在高华村塬上眺望，远处，山坡层层梯田里，麦子正在返青；菜地里一行行蔬菜苗整齐地长出来，让高华村的人们看到希望。山，也润朗起来；天，也明媚起来。几场春雨过后，天气越发暖和，各种花儿含苞待放，像一个个羞涩的小姑娘，铆足了劲儿，准备在春天里灿烂；先是迎春花、连翘花在初春的塬上开得漫山遍野，黄灿灿的像金毯铺在山坡；然后是雪白的杏花、娇羞的苹果花和粉嫩的桃花，还有张扬的蒲公英花依次开放，把高华村的田间、地头、山峁、沟畔打扮得花枝招展，引来无数漆水市乃至省城的游人前来踏春赏花。

小小的高华村能引来很多游客踏青，给村民带来收入。头脑灵活的村民在路边摆小摊卖起早点，那时候，英子的妈妈就是卖早点"大军"中的一员，主要卖地里拔来的野菜，像麻食菜、灰灰菜、荠菜等做成的菜馍馍，也会把野菜捆成捆论把卖，生意还不错。有空的时候，英子也会帮助母亲蒸菜馍馍。有的村民甚至开起"农家乐"吸引市民来村里旅游。

一群一群的游客到田间地头转转，看小草纷纷从泥土中探出头来，好奇地望着这个多彩的世界，不久炫耀似的便爬满沟沟坎坎；看槐树、柳树、杨树、桐树、花椒树……抽出嫩绿的枝条，要不了多久，它们便枝叶茂盛，姿态婆娑了；看南归的大雁不时地从头顶掠过，成群的蝴蝶在花丛中飞舞，鸟儿们也呼朋唤友，欢快地捉着虫子，寻找伴侣。十分开心。

有的游客会在假期走在田间，看村民用拖拉机耕田，身后跟着许多麻雀、喜鹊，它们有的低飞，有的跳跃着捉小虫。远处田野上一片斑斓：油菜花露出了笑脸，欢欣鼓舞；迎春花排起了队伍，向春天致敬；桃花引来了一群群蜜蜂，授粉坐果；梨花粉白迎着春风，婀娜多姿；小兰花开得那么艳，幽香迷人……微风吹来，春的气息洋溢在整个高华村。

好一幅美丽的山乡画：柔和的阳光，绚丽的云彩，倚山而建，一排排崭新的民房和窑洞，家家户户房顶上都升起袅袅炊烟。这里看不到城市的车水马龙，听不到城市的各种音响喧闹，但却充满神秘。春天是乡下最美丽的季节，也是充满希望的季节。

英子、小满和同学们看到那么多市民来欣赏家乡美景，他们也很高兴，为家乡而自豪。

自从她辍学以来，他的影子时常进入她的梦境，时而渐行渐远，时而丢失不见，又时而如特写一般清晰。远远近近，近近远远，有远去的日子，蹉跎的岁月；有他诙谐的谈吐，有他风里的身影，点点滴滴，剪不断，理还乱地缠绕着。

弟弟宝和吃了她带回来的饭，在看电视。电视正放着《西游记》中的一首歌，宝和也跟着哼唱道："五百年桑田沧海，顽石也长满青苔。长满青苔，只一颗心儿未死，向往着逍遥自在，向往着逍遥自在……"他哼唱得很投入，倒也是乐得自在。

进到英子家窑洞里，会有一股书香气息扑面而来，首先映入眼帘的是三摞史书，上前便分得清尽是旧版的《史记》《汉书》《清史稿》以及《中国历史通俗演义》《三国志》的书籍善本。这是很久以前华小满在去上大学时赠送给她的，也几乎成了多年来守候的物件了。不过，她也确实从这些书籍里读到了很多知识。而英子却独自在隔壁房里想着心事，她坐在炕头，身边放着一本书，是孙皓晖著的《大秦帝国》第三卷。在她炕头还放着一摞子书籍，有《中国奇石》《战争与和平》《红楼梦》《红雨》等。窗前一张朱红色桌子上摆放着一块陈炉石，这是他哥哥送她的一块陈炉石精品，只见那石头呈黛色，图案和形状在暗淡的光线里并不清晰，却也有几分恬静的感觉，颇有书卷气息。正面墙壁，悬挂一幅刘文西国画仿品《陕北姑娘》，显得温馨得体。

此刻，她心里萦绕着今天遇见小满的情景，自然而然回想起当初他俩一起上学的点点滴滴，一块儿学习，一块儿讨论难题，一块儿读名著，放学一块儿回家去，真可谓是往事如烟，犹如隔世一般。他走路步子那么大，像有谁在后边追赶一样，常常使她跟不上趟，她便笑着说他：

"你啥时候都是急匆匆，赶着捡炮仗呀，谁和你抢什么哩？"

他嬉笑着道："这叫'只争朝夕'，还嫌走得慢了，我就不喜欢慢走，跟游山玩水一样，一点都不提神。"

她就说："你腿快，头里走，在前边等着我，兔子一样，抢啥吃似的。"

她记得，每次她赶上他，总是气喘吁吁，薄汗衣透。但他却每次都让她"再歇息一会儿，不急不急"，很像口是心非一般。很长一段时间，她的学习成绩总是超过他，而他依然是得意洋洋，似乎并不在乎。

他说："你考了全班第一名，我是真正的高兴，甚至比我自己考第一都高兴，真的。"

后来，渐渐地他的学习成绩也提高了不少，为此，她还特意给他煮了几个鸡蛋，说是为他进步而祝贺。那时他陶醉了，可以说是半个学期，那几枚鸡蛋他始终舍不得吃，直到在书包里放馊了。记得她问他："你咋不吃？"他回答道："舍不得，吃了就没了。"她说："没了我再给你煮么，瓜娃子。"发现他脸涨得通红，她问道："你咋了，脸那么红，红彤彤的，热吗？"他没有回答，脸似乎更红了。

她想，人能相处在一起，或许就是缘分，缘分没了，也就成了陌路人，便是在对面也不相识。而在一起的时候，并不觉得那是"缘分"，一旦分开，只有化作无尽的回忆。她想起了许多的人世见闻，想起了书中描述的男女主人公，或许那些生死别离的苦楚才更有某种"诗意"，追忆似乎也有了某种"情怀"，很少有谁去"珍惜当下，珍惜眼前"。

她在日记里写道：

昨日的太阳，明天也会升起；眼前的人儿是否还是昨日那人？今日的路途坎坎坷坷，明天会不会一路坦途？今日的你呆萌可爱，明日的回忆是否还有一样的感觉？

往日，现在，过去，当下，今天，明天，时空翻转着，无休无止，而人生的路有几个来回。一个简单的话题，在她的思维里变得无比细腻，无比绕口了。

她心想，世人都是过客，又都是角色，而谁是观众呢？所有的人既是演员也是观众，那谁又是导演呢？眼里是文学名著里的角色，那复杂曲折的故事，那喜怒哀乐的场景，一时间像放电影般在脑海里回放着、演绎着，不知道是庄周化蝶，还是蝶化庄周？

她记得，一次，她突然问他："满子，你觉得咱同学里女生谁最漂亮？"小满脱口而出道："你最漂亮，纯真、大方、热情、稳重。"

从那以后，她便对小满有了一些依赖感，或许也不管真假，心房似乎跟他离得很近了。似乎忘记了羞涩感和距离感，无论人多人少，她唤他"满、满哥、满满……"，这些并没有在他俩分开许多年以后发生改变，似乎是自然而然的。如今的邂逅，是有意，也是无意；是天意，也是心意。很远很近，仿佛都不重要，而是两个长途上猛然相见的一家人，没有距离，也没有时空概念感。她不问他回来的原因，也不问他欲说什么，一个目光一个眼神就是答案。正像一首歌里唱的那样，心相印，不需要注脚。

她漫无边际地思考着，不觉已是午夜时分。

她依旧没有睡意，躺在床上，拿着那本《大秦帝国》翻了一页，又开始想她的心事。今天，当听到他要搞一个奇石馆，就觉得很好奇，她想不通办奇石馆有啥意义。还听他讲了不少有关地质方面的知识，尤其听到陈炉石是亿万年前就有了，更是惊掉了下巴一般。先前她也读过不少地理方面的书籍，却并没有留意到他们村子里的石头，就是觉得这石头非同一般，究竟有什么秘密，她从没有想过。村里有些人把这些奇石说得神乎其神，甚至有人对那些石头上稀奇古怪的图案乱说一通，什么这里有古代的精灵、妖怪，不然怎么一个个形状那样古怪，真是令人细思极恐。

华小满遇到高英子是巧合也是必然，自从他从城里回来，就投入到筹建奇石馆的事上来，想的就是能早日开馆，这也是他近几年在大公司工作学来的做事风格，叫雷厉风行，按计划筹建。一方面选址，一方面仔细考察标本现场，连带着搜集更多样本的标本，搜集具有代表性的奇石实物，也算是统筹兼顾了。

他也不清楚今天怎么这么巧，假如今儿没遇上英子和她嫂子，也有可能他和她就没有以后的故事了，或许这就叫"有缘千里来相会，无缘对面不相识"吧。

今日的相见，便续了他俩的前缘，这不是天意吗？此时，小满一心在想着他奇石馆的事情，和"老同"的见面只是平添了他事业心的热情。再看看他房间，跟村里其他农户几乎没什么两样，只是院落整洁宽敞许多，这是因了家里也只有他一个人的缘故。房子显得宽敞、整洁，所不同的是在院里屋里放置不少石头。奇形怪状、大大小小的石头堆放在墙角，这都是他刻意地从沟里和村民那里花钱买来的。他搜集石头和搜集目的的事，他和方书记讲了，得到了方书记和村民的大力支持。方书记竖起大拇指道："建石馆是好事，宣传当地的地方资源，弄得好了，也可以提升咱村的知名度，也会从经济文化各方面得到全面提升，何乐而不为？！"

村民们更无须说，个个都鼎力支持。但他却依然在接到乡亲们送来的石头时，都会或多或少的出钱，并不白要这些"馈赠"。可谓是众人拾柴火焰高，很快他就收到乡亲们送来的石头，也自然有他们的"藏品"，按他的计划，再有些日子，他的奇石馆就可以挂牌开张了。

他在日记中写道：

> 水是故乡甜，月是故乡圆。
> 人是故人亲，话是知音暖。

在这儿他要风得风，要雨得雨，相比远在都市的感觉，可谓是天壤之别了。

他常常情不自禁地抒怀：

远离家乡的时候，
便会想起故乡的明月，
故里的亲人。

远离故乡厚土的时候，
时常思念黄土塬上的老屋和那星星灯盏的昏黄。

远离塬上那壮硕的老槐树，
故国常在梦里深沉。

远离熟悉的身影和那亲切的姑娘，
行走在闹市里也感到莫名的有些失魂。

充满乡愁、充满幽情的思绪深重萦绕在心头，这个时候，似乎所有的一切都变得不那么重要，没有真正的人生价值了。

有时想起少年时候，自然也想起他懵懂的初恋，似乎都像流水，当然也有涟漪或者浪花，冉冉在心头，冉冉在无边的追忆。有时也似烟朦胧，月朦胧，夜朦胧；人朦胧，鸟朦胧，路朦胧。

他家院里四间房子，一个厨房，除了他的卧室，其他均摆满了他的收藏。他要为每一方石头都取名造册，还要写上收到石头的日期，给每块石头撰写鉴赏的诗文，解读一番。举例几条如下：

1.2021 年 5 月 7 日，高宝宝，尺寸：高 23 厘米，宽 38 厘米，厚 20 厘米；画面石，左右正，三面图案，命名：远古的梦。

唐人张若虚诗《春江花月夜》：

江天一色无纤尘，皎皎空中孤月轮。

江畔何人初见月？江月何年初照人？

2.2021 年 5 月 10 日，高向阳，尺寸：高 41 厘米，宽 22 厘米，厚 22 厘米；画面石，左中右，三面图案，高浮雕，命名：跃马檀溪。

对于《三国演义》历史故事，唐代诗人胡曾春游檀溪，作诗一首：

三月襄阳绿草齐，王孙相引到檀溪。

的卢何处埋龙骨，流水依前绕大堤。

3.2021 年 5 月 7 日，李淑丽，尺寸：高 67 厘米，长 30 厘米，宽 36 厘米，厚 17 厘米；画面主题，尧舜禅让，图案，高浮雕，命名：埙乐幽幽。

魏晋·傅玄

唐尧咨务成，谦谦德所兴。积渐终光大，履霜致坚冰。

神明道自然，河海犹可凝。舜禹统百揆，元凯以次升。

禅让应天历，睿圣世相承。我皇陟帝位，平衡正准绳。

德化飞四表，祥气见其徵。兴王坐俟旦，亡主恬自矜。

致远由近始，覆篑成山陵。披图按先籍，有其证灵液。

4.2021 年 6 月 6 日，中午，在村外地里捡的。尺寸：长 56 厘米，宽 32 厘米，厚 19 厘米；三面图案，命名：孟姜女哭长城。

正月里来是新春，家家户户点红灯；

人家丈夫团圆聚，孟姜女丈夫造长城。

二月里来暖洋洋，燕子双双到南方；

燕巢造得端端正，对对成双歇画梁。

三月里来是清明，桃红柳绿百草青；

家家坟上飘白纸，孟姜女家的坟上冷清清。

……

5. 2021年6月16日，下午，收到高强军送来象形石一方。尺寸：长85厘米，厚21厘米，高45厘米，命名：中国龙。

《龙的传人》：

遥远的东方有一条江，它的名字就叫长江；

遥远的东方有一条河，它的名字就叫黄河。

古老的东方有一条龙，它的名字就叫中国；

……

6. 2021年7月10日，高强军送来两块象形石，开价很贵，一块我给取名是《憨湘云醉卧芍药裀》，借用《红楼梦》故事，感觉还不错，诗云：

几缕飞云，一湾逝水。

富贵又何为？襁褓之间父母违；

展眼吊斜晖，湘江水逝楚云飞。

另一个也是，不过是一位尼姑模样的人，立于花木丛中，取名叫作《勘破三春》，谓惜春也。也是巧得很，故记之。

将那三春勘破，桃红柳绿待如何？

把这韶华打灭，觅那清淡天和。

说什么，天上天桃盛，云中杏蕊多。

……

有心才有思想，有思想就有目标，有目标就有了远方。他在"远方"的心依旧没有放缓运行，唯有开足了马力"奋斗"，方能慰藉华年。现在，夜深人静，他的思绪突然像决堤的海，猛然之间全是英子那无怨无悔的面容，接着，便滑向她的人生大事，也就是她的前程了。在外面这些年，也有遇上心仪的人，但他似乎只因没有找到她的"影子"而放弃，至于为什么，他回答别人的话是"没有理由，没有眼缘，说不清，道不明"，仅此而已。有时他会听着哪里飘来的《枉凝眉》发呆，会在想到英子的命运时黯然神伤。

第五章　无偿支持

一觉醒来，已是早晨八点时分，想到他今天的大事，赶紧起床洗漱，还特地仔细收拾一番，把时尚的服装取出，又犹豫一下，找了件平常的衣服穿上，又把皮鞋擦了擦，这才起身出门。他要去找英子，要向她求婚，决计不再等了，今天就要征得她同意，向她求婚了。

他出了院门，来到村头，遇到驻村书记方雨花，她远远地看到他，就笑着和他打招呼：

"小满，今天好精神啊，你这是去相亲吧？！"

他也用开玩笑的话答道："咋样，像不像要当新郎官的样子？"

"像！"她不晓得她会说到点子上，还是煞有介事地说道，"是吗，哪里的姑娘，能透露点吗？"

"……"

他欲说还休，便笑着打圆场道："书记，我想下个月把石馆开起来，你看还得办啥手续——咱可不能让人说点什么。"

年轻的女书记高兴地笑了，她说："太好了，啥时候开？我也想问你哩，太好了，需要村上为你做些啥？不要客气，这也是咱村的一件大事。"

他双手合十，感动地说道："太谢谢了，太谢谢你了！"

女书记方雨花说罢，笑着去了。

他进到村头商店，买了两瓶十年西凤、两斤糖果、两条香烟、一箱饮料，又买了两包香烟，装在衣服口袋里，两手提着朝英子家走去。路上遇见老牛倌，他便笑着打招呼。

老牛倌打量着他，问："小满，你这是……"

小满笑着说："大叔，我这是给自己提亲去——就是英子。"说着，他有点害羞地红了脸。

老牛倌呵呵地笑了，他带着欣喜的眼光看看小满，连连说道："好，好，好！"

他不住地夸赞英子道："好娃，英子是好娃！"

老汉看看站在路上的小满，催促道："去吧，快去吧，老叔为你点赞！"

他说着竟然竖起了他粗糙的大拇指，连连地说："好好好！"

幸福感使他陶醉，或者是"人逢喜事精神爽"，他脸色格外精神，看着身边熟悉的土木建筑、花草树木也觉得很明媚、亲切。路上人似乎也多了不少，他不断地和熟人热情地打着招呼，觉得人人都那么和蔼可亲。

有人叫他："小满哥，小满哥！"看到是英子弟弟宝和在叫他，他停下脚步，笑着问道："宝和，你转去？你姐呢？"

皮肤白皙、有些瘦弱的宝和走到他面前，看着他手里提着的烟酒，问道："哥哥，你这是去哪儿？拿这么多东西。"

他和颜悦色道："去你屋，你姐在不？"

宝和笑了，说："在哩，我出门时她在收拾灶火哩。"

他又看看小满和小满手里的东西，若有所思地笑了。

宝和笑着说："去吧，我去村头买个东西。"

说完，他便慢慢地走了，还扭头看了两回。他远远地看到了那株海棠，时下这树木已是含苞待放了，它年年都会开出粉红的花朵，热情不失淡雅，娇美花儿尽情舒展着白色或黄色的花瓣，在绿叶的衬托下，愈加显得纯洁可爱，像正在迎接灿烂的阳光。引得村人都赞叹，这树开得茂盛，年年都是咱这儿风景啊。花树不远处是一株老槐树，每到七八月份便香气袭人，满树的槐花像朴素的村姑一般，不知道这树有多少年了。

他来到一个院子门前，那大门似乎很旧了，没有像其他人家的那么新，也没有高大院落，内行的人看得出院墙是土坯建的，倒也整洁、自然。他对这里太熟悉了，看见这和先前没有多大变化的庭院，便会联想到他读小学、中学时的日子。那时他经常来叫英子一起去上学，他记得每次她都在做家务，他都得在院子里等上一会儿，几乎很少有随叫随到的时候。

有时，他俩走在路上，她常说她是讨债的，好像是说她不停点地干活，少有歇息的时候。小满这时就觉得自己是幸福的，至少不用"讨债"，就是说干活，也是有说法的。那时的他觉得自己很幸福，而英子就不行。现在想起来，他除了为她"抱不平"再没有其他了。

有时候，他看着她一边走路一边吃东西，甚至揶揄英子道："看把人忙得，你家的活承包给你啦，他们都是闲人，你是丫鬟吗？"

正想着，他来到门前，便敲门，就听英子在院子里应答道："谁呀？门开着呢。"

她见小满提着东西进门，诧异地说道："你这是做啥，大包小包的？"

小满道："不做啥，提亲。"

说着径直走到院中，嬉笑着说道："我来提亲，向你提亲，咋样？"

英子一头雾水，道："你傻了？还是脑子不够数，说的啥？"

小满乐了，他把手里的东西递给英子，说道：

"我没疯，也不傻，就是给你提亲的。"

说着，他一脸坏笑地朝英子看着："咋样，行不？"

英子还在云里雾里，少时，便反应过来，粉拳轻轻砸在他的肩膀上，道："你这个坏蛋，把我吓了一跳呢。"

她看着眼前这位"坏人"，一时间竟然不知道说什么了。小满让她坐在院里的椅子上，一本正经地对她说：

"英子，我想好了，咱结婚吧。真的，我想现在就跟你结婚，没有半个字是谎言，你看咋样？！同意不？"

英子被他突然的举动弄蒙了，她看看天，看看地，再看看眼前的人，一时间不知道如何表达，竟然两手捂住脸，呜呜地哭了起来。边哭边说：

"你就是个'坏人'，你就是我的冤家哩——呜呜呜，呜呜呜……"

她突如其来的情绪波澜忽地泛起，抑制不住地号啕，使得他顿时束手无策。

此时，宝和进了家，他见到这情景，诧异万分。看看他的姐姐，又看看华小满，半晌才缓过神来。英子瞥见了弟弟，停止了抽泣，抹一把眼泪，感到些许尴尬，起身去沏茶倒水。还是宝和打破这尴尬气氛，他说：

"我姐咋了，咋就哭了起来，我刚出去一会儿。姐，你没事吧？"

提水壶的英子口气完全正常，道："谁哭了，你才哭了呢。"

她自嘲道："你说谁，我啥时候哭了？宝和，你去买点肉来，今天咱吃饺子。"

宝和心领神会地笑着道："就是么，我姐咋会哭，是不是好长时间没见我小满哥，一下子激动得不会说话了。"

"去去去，上街买菜去。"英子从衣袋里掏出钱，笑着"斥责"弟弟道，"啥时也学得贫嘴了，快去，不怕闪了舌头！"

宝和俏皮地笑了，接过英子手里的钱，吐了吐舌头，朝小满道了声："哥，你坐，我去去就来。"

说罢，他抛下一个意味深长的笑容，出门去了。小院里铺满阳光，英子沏茶，小满笑意盈盈，说道：

"我想起了一句话，'小孩的脸，秋天的云；一阵雷霆，一阵风。'呵呵——今儿领教了。"

英子看看小满，再看看他带来的东西，明知故问道：

"你来这院里，带这些东西，是不是走错门了？我想是走错了。"

小满乐了，他说："可能吧，咋就走到人家英子院里来了。"

俩人有一句没一句的，尽量搜集刺激对方的话语，却又觉得似乎没有平日里的那些词汇了，理屈词穷之余，俩人便不约而同地笑了起来。

小满道："这么多年，你不仅一点没变，嘴却笨了不少，完全没了以往的伶牙俐齿，是生活磨砺的结果吧。"

英子道："是的，一天在这穷乡僻壤，早就磨砺得没了棱角，除了一个'土'字、一个'瓷'字和一个'木'字，还有什么，说傻了也不越外，哪像有的人，处于摩登城里，香风花雨，脂粉萦绕，爆肠滋润，乐不思蜀，悠哉乐哉，惬意万分。处于犄角旮旯，人也愚钝，远山近山，黄土蓝天，怎一个'瓷'字了得。"

对她充满情绪的话，小满也不解释，只是笑，他说：

"我这不是回来看你了吗，咋能说一堆花花世界的话，存心气我。我要搞一个奇石馆，省城的事我还得做。奇石馆的事情将来得依靠你与宝和照看哩。"

他向英子展示了他心里蓝图，讲得头头是道，宝和买肉回来，他还在不厌其烦地叙述着他的计划。

三人说说笑笑地吃罢午饭，宝和收拾碗筷。小满来到宝和房子看他哥拿来的石头，细细品味一番，他爱不释手地说道：

"不错，是陈炉石精品！难得，难得。"

宝和说："有个省城的人看上了，要出高价买，我姐就是不让出手，说卖了就再也没了。"

小满赞誉道："你姐说得对，卖了就再也没了。再要搜集这样品相的石头就难了，或许没有机会了。没听人常说，可遇而不可求，指的就是像这样不可多得的佳品，一般来说，普通的多，精品少，甚至，孤品的更少，是可遇而不可求的。"

英子和小满去看他未来的石馆，俩人出门，朝村外走去。英子满心喜悦，步履轻盈，一种释然感洋溢着她，看哪里都非常亲切，见到老牛倌，开心地打招呼，老牛倌也乐得眯着眼，向他俩问好。

他唤着小满的小名道:

"满娃,你的石馆准备得咋样了,啥时开馆,老叔还等着喝开馆酒哩。"他突然想起了什么,又说道,"满娃,这会儿你没事,来我这儿,有样东西交给你。"

他神神秘秘地说:"一块好石头,走,在屋里。"

说着,他起身摆手,示意俩人跟他走。小满好奇了,他听到有好石头,眼睛里即刻放光,赶紧掏烟。老汉不紧不慢地接过"华子",看了看,点上,抽了一口,说道:

"那几块石头在屋里放了有几十年了,一直没舍得送人,这下才算有了正经的去处。"

说着,一行人来到牛倌屋里。他说:

"这些年,不放牛了,乡里也没牛了,老汉我跟失业了一般,吃了睡,睡了吃,也活得颇烦,看啥都没意思,人还是得有事做,没事都成废人了。"

老汉絮叨着、感慨着,倒是英子听着也感慨万分,她说:

"叔,咱石馆弄好了,您没事了,就来喝茶,我们不会让您老寂寞的。"

老汉满脸高兴,他说:"英子的话我信。"来到屋里,老汉便指着桌子上、窗台上、台案上、炕头上说道,"看看,你们能用上不?能用,都拿去,也好给我腾地方,这都有年代了,算来也有四十多年了,那会儿知青还在这儿哩,这些都是他们没拿走的。"

老汉的思绪一下子像回到了那个遥远的年代,他念叨着一串人名:"李建新、王爱国、郑欣发、曹爱莉……"都是两位年轻人不认识的,甚至没听说过的,他意味深长地说道:

"几十年了，人这一辈子像一场梦，见过的人也像梦里角色，忽地来了，忽地去了，像地里的树木一样，飘忽着，绿了黄了，黄了绿了，打发着日子，打发着年月，快得很，长得很也慢得很，几十年一忽儿，一辈子一忽儿，有的人能记住，有的人就记不住。就像人们常说的话，叫有缘和没缘，我还是跟那些知青们有缘分的。"

英子看老汉竟然眼角里挂着泪珠儿，她深沉说道："看我叔这么样，我也觉得你老一辈子不容易，也是历经沧桑了。"

老汉沉浸在回忆的长河里，两个年轻人似乎也受到感染，说了一会儿，方才回到现实。

老汉一共七块石头，每块都是精品，把华小满和英子看得都赞叹不已。只见一枚石头形状酷似"陈三两爬堂"的剧照场景，让人想起"为陈奎设馆教书在西厢房，在西楼读诗书寒来暑往，我日夜教他不嫌累，诗书易礼与他讲……"的绝妙唱词，而且人物形态，以及动作姿势都惟妙惟肖，令人拍案叫绝。

再看下一块，是五行山下的孙悟空，猴头在山下眼巴巴看着飞雪，山头一派洁白，石山峭壁，树木森森，山头阴云密布，让人不由得联想到那首歌《五百年桑田沧海》：五百年，桑田沧海，顽石也长满青苔，长满青苔。只一颗，心儿未死，向往着逍遥自在。逍遥自在，哪怕是……

再接着看，是个体型较大的一方，四面皆有图案，分上、左、右、正中。老汉说他给这石头几个面都取了名字，小满看了，也是佩服得很，连连称赞。英子看时，只见正面为：一湾逝水，一株古木，一人若一高士坐于石旁，还有一小厮模样的似在烧水。乍看，妥妥的一幅"山林高士图"。依次赏阅，幅幅皆如丹青画图，如沧海一叶、风花雪月、场院社戏、秋海棠。一幅幅图画惟妙惟肖，令人浮想联翩，美不胜收，让人啧啧称奇，啼嘘不已……

老汉说："看到这些奇石，我就想起当年，当年的那些知青娃们，他们在咱这儿待了五六年，像农民一样生活，甚至过得比咱们农家还辛苦。现在回想起来，他们也真是不容易，一个个无怨无悔地在咱这儿劳动生活，那场面，常常在我梦里浮现。唉，谁的人生都不容易，都是充满了心酸和辛苦的，如今想来，咱不能小看任何人，他们也都是不可小觑的。"

看着老人忆往昔的表情，小满和英子感慨良久，受益匪浅。

他说："人生莫说看透与看不透，那都是事后诸葛亮，我老汉以为，走过的路，只有自家晓得，旁人是不能妄加评论的，只有当事者才有发言权，才能说他自己的感受和认识，别人说三道四，那是想象着说，没有一点意义。"

小满佩服道："听得老叔高论，令我茅塞顿开。就是的，鞋子合适不合适，只有穿了才知道。"

英子笑了，说："我像听哲学课一般，你都说得有理，想来这么多年，我不读书，不看报，落伍了啊。"

老少三人都笑了。气氛烘托，老人来了兴趣，他指着立柜上，说道："小满，把那上边的好酒取下来，咱喝两盅。我去炒两个菜。"

见到老汉如此，英子看一眼小满，小满会意说道："不了，等再有空了，我得特意来跟老叔喝几杯子，我拿好酒，茅台。"

看年轻人如此，老汉理解地笑了笑，说："那就听小满的吧。"

……

小满看着老汉，欲说还休，翻来覆去，思想再三，最后，他还是拿出手机，想了想，说道："老叔，这些石头都是咱陈炉石的精品，您保存很多年了，不能就这么让我拿走了，得给您些费用，您有手机没？我打您手机上三万，行不？"

老汉一听就急了，他忽地起身道："小满，你咋能跟老叔说这话？这是啥？是石头，石头，也是那些知青们的心愿，我咋能收你的钱，咋能卖？我就是一个牛倌，一辈子养牛，从没想过拿石头卖钱。当初，那些知青娃们，我就从来没见过他们说钱的事。"

老人家激动了，表情显得很夸张，这是小满和英子万万没想到的，俩人面面相觑，不知说什么好了。

两位年轻人一出门，便听得老汉在门里唤道："小满，你俩慢走。"

两人回头看时，就见老汉站在门前，正朝他俩招手。

小满笑着对老汉乐呵呵地说："咋了，老叔？还有啥事吗？"

老汉并没说啥，只是又招了招，径自进了门去。

两人跟着又来到堂屋，只见老汉神秘兮兮对小满道：

"你去看柜子后，有一块大的，小心轻拿轻放，这才是我最中意的一块石头，拿来你看看。"

小满乐了，说："想不到我叔还留了一手，啥好的，一定得细细品鉴一下。"

英子笑他贫嘴，对老汉说道："别叫他看，小心看他到眼里拔不出来了。"

老汉道："就是给他的，叫他看，省的他说我吝啬。"

只见小满用力将柜子移了一点位置，侧着身子，硬是将一块石头一点一点地拽了出来。老汉早就拿了一条毛巾，蹲下，将那石头仔细地擦了一遍，而后让小满搬过来放在当屋里。

只见这石头色泽黝黑发亮，且纹理清楚，形态奇异，整个面都布满了图案，颇有条理，简直就是艺术品。老汉用一根木棒轻轻敲击，发出清澈的响声，似牛铃一般清越而婉转，如一泓清泉，流淌在人的心间。

他得意地说："这石头，很少有人看过，许多年了，我也就是在过年时才偶尔拿出来自己看看，把它当宝贝一样。今天是你俩在，才拿出来的，让你拿去做'镇馆之宝'。"

英子一脸敬重之色，她蹲在地上，双手抚摸着老汉的"宝贝"。她眼里的石头此刻像一首诗、一支歌、一个精湛的艺术品，像一个瑰宝一般，似乎有着可遇而不可求的那种感觉。小满见到这陈炉石珍品，顿时觉得他之前搜集的那些，更是相形见绌了。当听到老汉的打算，从心里升起一种对老人家的敬仰之感，敬佩老人的桑梓情怀。

他说："大叔，您的这些赠予，我华小满不会辱没的，更不会辜负您一片赤诚，不说日后回报的话，你就是咱石馆的董事长，我和英子都是您的服务员。"

老汉笑了，笑得很惬意，很甜美。

第六章　意外收获

东山有一条沟底，距离村里有两公里，除了有地在那里的人家，村民很少去。路极难走，山路很崎岖，坑坑洼洼，很湿滑，行人很容易摔跤，一般情况下他们只是在那儿种些玉米和黄豆，农机去不了的，在近些年劳力紧张的时候，有时就放弃了耕种。几年前，有几个城里人在山里游玩，看到了一些形状怪异的石头，便带了回去。谁知就很快有不少人来搜寻石头。再后来，有人与村民协商，出钱要他们把那些"好的石头"，就是有奇异形状的拿给他们换钱，由最初的二三十元到现在的一块石头卖几千元乃至上万元不等，有些人甚至因此发了"财"的。

由于近些年人们生活水平有了提高，不少城里人乃至外地的奇石爱好者，一传十、十传百放射性地传播，很多地方人甚至不远千里来买石头。村里有脑子灵活的，自然不会失去"商机"，不少人学着做起了"奇石买卖"。当然，大多数人是自己去地里挖，这就阻止了外人来"拾便宜"。

当然，有买有卖，有需求就有提供者。一个"营生"便在高华村诞生了。先是议论纷纷，后看到不少人日子悄然发生了变化，一个新的生财之道有了眉目。有的城里人称之为"石农"，也有城里爱好石头收藏者便成了他们的朋友。人多力量大，现代的商业运作，是自然而然的媒介，便有了远在千里万里外的"客户"通过网络进行网销网购,一时间有不少人因此赚得盆满钵满,因而有了品石赏石的文化。根据地名而命名的"陈炉石",从石质、色泽上区分,又叫"墨玉""黛玉""磬玉",于是联想到名著《红楼梦》,联想到白居易诗《华原磬 刺乐工非其人也》。在自媒体发达的年代,速度传媒不是问题,也有不少附庸风雅者,也说着"野狐禅"的理论,卖弄着、推销着这黑黝黝的石头。诚然,参与的人多了,五花八门,各种说辞、各种论点便如复印机一般地复制,出几个所谓的"名家"也不在话下了。

此时,只见漫山遍野,一派生机勃勃,春意盎然。绿柳婆娑,黄花明亮,紫英茵茵,素娥摇曳,抑或花蕾饱满,抑或彩英奔放,可谓欣欣向荣,生机勃勃。似在努力展示疫情过后的第一个春天,吟唱久久埋在心头的"自由"。

英子素面朝天,一袭浅色花裙子,在生机一派的山野里,宛如盛开的白鹃梅(又名龙柏芽),柔和的风,犹似她此刻的心情,恬淡、幸福、甜美。好美呀,奔放的心使她满怀喜悦,抑制不住埋在心底的情感,春水一般流淌、奔涌。她一反常态地矜持,却又溢于言表,呼吸着新鲜空气,红扑扑的笑脸写满如意和憧憬。心头唱着:

　　春天多美好,树上黄鹂吵。一阵风儿过,烦恼不见了,烦恼不见了。我心莫要跳,春天来到了,我心莫要跳,春天来到了。

英子说:"你看这儿的花,这么繁茂。"

小满道:"心情好了,看啥都有感觉。"

英子说:"从来没有注意过咱这儿的景色,也挺美。"

小满道:"容易得到的,往往被舍弃;得不到的,才是梦里的月亮。"

"是吗?"

"一定是。"

"我不信。"

"那，你看天上的云。"

当你看到各色人等，他们用不同的方言，乃至普通话对石头的品鉴，就会见怪不怪，习以为常了。有喜欢美术者道："天生奇石，天工巧夺，天意释然，天之瑰宝，天意如此。"又有喜装斯文者道："看这石头纹理，美妙绝伦，有大写意笔法，有小写意精湛，有水墨之晕染，有白描之简约，有诗意之含蓄。"

也有平常人的见解："美得很，奇石就是奇，不同凡响，让人看了，浮想联翩"。

……因而就只有一个，买买买，自然喜得那些卖石头者乐不可支，坐地起价。谁若说还价、搞价，他们也会说石头要品鉴，不可以随意定夺，不懂就不要花冤枉钱，货卖"懂家、行家"，外行莫掺和。

行家无须问，废话不说，闲话少讲。当然，一些"小伎俩"也会在他们的生意上表现得淋漓尽致。小满有时也在他们手里买石头，尤其遇见认为好的石头，也并不吝啬。

一次，村里一个名叫撸撸的年轻人，来到他家，神秘兮兮地拿出一块石头，说要卖给他。而小满翻过来翻过去，并没有看出哪里有什么不对的，就按照他说的价钱买了下来，结果，刚好一个村民见了，告诉小满说，他的石头有粘的地方，是他在挖的时候弄掉了一块，便拿 502 胶水粘了。小满知道，凡是有一点破损的石头，就没有收藏价值了，他就又仔仔细细查看，果然看到了那处"破损"，非常气愤。再次见到他的时候，便斥责他，让他换回来，并退钱。而那家伙却说，等以后有钱了再说，眼下没钱。小满也只能作罢了，以后很久再也没见到过那家伙。他只得说一句："坏尿，会得多！"

这天，英子见他要去沟里找石头，便说，她也想要去看看是怎样挖的，于是便乘车跟着去了。把车停在塬上，她随着小满下到谷底。英子看这山谷里并不像想象的那么窄，是山崖太高了，才显得很深，面积也挺宽的，至少有三百米那么宽。地上的土很松软，看来还是种庄稼的好地方哩。她环视四周，就看到有几位村民正在搜寻，他们见到小满，都笑着招呼道："小满，你俩也来找石头？最近收到满意的没有？"

小满道："有些，不太多，我也基本搜集得快够了，再看看还有啥稀奇的没有。"

说罢，他带着英子，沿着地边朝远处走去。走了大约有两里路，停在一个看着没人翻过的地方，用镢头挖了起来。这里的土地很硬，料姜石也比较多，每一镢头下去都很费力，好在他以前下地参加过劳动。他一点一点地挖了下去。也是该他不虚此行，才挖到一尺深时，"砰"的一声，镢头碰到了硬物，就觉得有石头了，便小心地从旁边掏了起来。越掏越觉得石头比较大，歇了两次后，才终于感到石头有了一丝松动。

于是试着去用手搬，感到凭自己力量是难以弄上来的。这才将目光投向身后，依稀见得那几位村民还在翻弄着什么，就对英子说，去叫人来帮忙。英子去了，他就坐在地里抽烟，眼睛依然打量着石头。不一会儿，就见英子带着一位叫三喜的大个子年轻人过来，他望着三喜远远地笑了。

三喜过来，看那石头，再用劲儿搬了搬，点上手里的香烟："不小，估计有200来斤。"

他很有经验地说："还得再挖，把坑挖大。"

说着，他就拿起了镢头挖了起来。不愧是天天干活的，手脚麻利，不一会儿工夫，那石头就轻松地离了黄土。只见他跳进坑里，用力将那石头翻了上来。小满打心里佩服，他笑着去动那石头，竟然怎么也抱不起来。还是三喜说：

"弄不动，得要人帮忙。看来得雇人才行啊。"

小满又给三喜发烟，道："三喜，你看再叫上几个人，把石头搬回去，我出钱，咱不让人家白忙活，去叫几个人来。"

三喜憨厚地笑了笑，去叫人了。

英子四下看去，发现地上到处都是绿莹莹的野小蒜（又名薤白），顺手拿起地上的工具，挖了起来。

她兴奋地说："啊，这儿小蒜真是多，估计有几百斤。"

小满笑了，他看看遍地绿莹莹的小蒜，说："是不少，以前，不等它长大，人们就把它采完了，现在，生活好了，便鲜有人光顾，说明时代在变，人也在变，从一个小蒜上就看出道理一二。"

说话间，三喜带了俩人过来，还带着一根粗绳子，他们看看那地里的石头，三喜道："我先去用绳子把石头绑住，咱几个人一起用力往上拉。"

英子看这样把山里石头往回弄也是费劲，就觉得农民卖石头也是不容易，便对以前村民卖石头有了进一步认识，想起了他们以及那些城里人来买卖石头的场面，知道了"做什么都不容易"这句话的内涵。

为了生活，为了过好日子，为了一个个"梦想"，不惜体力，不惜起早贪黑，到处奔波，到处寻觅，到处流血流汗，只是为了生活，为了明天更好。想起了父母、哥哥和嫂子，想起了熟悉的、不熟悉的人们。清晰着、散漫着、诗意着、理想着，都是一个字——博。博取一片天地，博取一个理想，博取一片绿荫，博取一场甘霖，在漫漫的人生路上摸爬滚打，也不惜努力探索、追寻。她想起了《平凡的世界》里的主人公，想起了《人生》中的高加林，想起了《创业史》里的梁生宝，嗟叹人生的不易，一路的艰辛。阳光里的山谷，回荡着人们的话语，也是当下这幅图画中的情趣，不乏诗意，也不乏现实感。

此刻的英子满心洋溢着彩色与浪漫，现实和努力的情愫，似甘冽的山泉水，像斑斓的故事。只见几个人用棍棒抬着石头，走在芳草地上，他们努力地朝前一步步走去，在轻盈的笑语里朝前迈步。英子手里拿着小蒜，跟在后边，是兴奋，也是喜悦。

来到山脚下，小满让英子先前头走，回去准备好饭菜，等他们回来。英子看看几个人，便独自先走了。她上了山，回到村里，把弟弟宝和叫上，先去小超市买菜，买啤酒，当然也忘不了香烟。回到家里，又让弟弟杀了一只鸡，她麻利地生火做饭。

宝和见姐姐如此，便问："做多大的事，还这样大费周章地忙活？不知道的人见了，还以为是挖地挖出了黄金，看把人劳神的！我小满哥也是好张扬，雇人干活，自己人就行了，用不着这么大摆宴席，我看，是钱多了烧的。"

听弟弟唠叨，英子呵斥他道："少胡说，你小满哥也是为了他的奇石馆，说明他有恒心。现在干啥不要钱，人家谁平白无故地给你干活，他说，奇石馆办起来，要你去看管呢，你可不敢说这没良心的话。"

"真的吗？咋没听他说过？"宝和将信将疑，"如果叫我看管，那——给我发多少工资？是真的吗？"

他还是不太相信："若是真的，我就不会让他失望。"

听到弟弟宝和所说，英子道："我没必要给你撒谎，一会儿你问他。"

宝和笑了，他满心欢喜地杀鸡去了，还哼唱起了《昨夜星辰》。

英子很开心地笑了。她手脚麻利，细细地切菜，土豆丝、黄瓜片、肉丁……忙得不亦乐乎。一只狸花猫轻巧地从外面进来，声音细细的似乎提醒主人它的存在，被宝和呵斥走了。

英子却拿了一小块火腿肠去喂它，猫咪满意地咕噜着。两个黄鹂何时落在树上，不停地搔头或者婉转一曲，时而落到地上，小巧玲珑，一双乌黑灵活的小眼睛骨碌骨碌地转着，漫步上一会儿，显得颇有些诗情画意。她一边烹饪菜肴，一边想着心事，她看小满对她欲说还休，便没了下文，也又出神了几分。但她的心却激荡起来，甚至使她几个夜晚无法入眠，有些需要的矜持她还是要有的。但她的心是难以平复的海，甚至在看着他案子上摆着的石头，也会联想起《石头记》，想起书里说的，"一个是阆苑仙葩，一个是美玉无瑕。若说没奇缘，今生偏又遇着他；若说有奇缘，如何心事终虚化？一个枉自嗟呀，一个空劳牵挂；一个是水中月，一个是镜中花"。或许那些天她会反反复复听那首歌，就是她心思的写照吧。

她沉浸在自己的心思里似乎怕被敏锐的弟弟发现。一次，他突然问她道："姐，你有啥心事，这首《枉凝眉》，你听了多少遍？歌词我都记住了。凄凄惨惨，犹犹豫豫，有话还不如直接说。"

他说得稀里糊涂，其实他一点也不懂懂。倒是让英子弄得脸色通红，强装笑脸呵斥弟弟："死娃，你知道啥，看我不扯你的嘴。"

弟弟赶紧住嘴，没意思地去了。这会儿，她又收不住她的胡思乱想，直到弟弟把宰了的鸡洗好，放在她面前，她似乎才从梦中回过神来，对着弟弟：

"你去看看你小满哥回来没，叫他们来家里，说饭好了。"

宝和去了，嘟囔着："啥事都会指挥我，这……"

英子白眼看他，他连连道："去去去，我这就去，行了吧。"宝和说着，顺手在案板上拿了一个西红柿，吃着走了。

小满和几个村民，费了九牛二虎之力把石头弄回家，一个个累得上气不接下气。三喜喘着粗气，说："这石头越抬越沉，二百斤不止，我看有三百斤，拿磅秤过下。"

小满屋里还真的有磅秤，他去门背后拿了出来，一称，吓了一跳，真的是三百斤，还少说了十五斤。这下，三喜就越发得意了，他很内行似的把那石头翻来覆去地打量、审视，说："好石头！看这纹理，这石质，这上面的珠子，这形态，三面满花，实在是难得的精品哩。"

小满拿来毛巾又仔细地擦拭一番，更是满心欢喜，冲着几位乡亲合掌示谢，给每人发了一张百元大钞，并请他们去喝酒。

三喜拿着钱，笑着说："都乡里乡亲，搬个东西，抬个物件，是人之常情，这——就显得生分、客气了。"

另外的一个人抬头看着小满，只见小满说："客气啥？生分啥？这才叫报酬，因这是做有关经营的事，我还是沾了大家的光呢，从沟里把那么重的石头抬到山上，没有乡党情谊，给其他人，你们干吗？再别客气，客气就是以后不想跟我打交道了。"

见他说得中肯，也都没话说了。这时，宝和来了，他见大伙都在，对着小满叫了一声"哥"，然后看看大伙，说道："几位哥辛苦了，我姐请各位去吃饭哩。"

三喜应道："宝和兄弟，你姐做啥好吃的，有酒没有？"宝和道："酒，肯定有，啤酒。"

小满笑了笑，说："没事，我这儿有西凤酒，拿几瓶过去就是，管够。"

几个人呵呵笑了，本来路就不远，也不坐车了，一行人便说说笑笑步行过去。

塬上温差大，傍晚，风很溜，出了一天力的人们在风中感到十分惬意。带着花香清爽的风使这儿的风景也有了诗情，他们畅快地说着一天的劳动，讲着有关石头的事情，也说着心里的美梦。

英子把菜肴准备好了，不见宝和小满他们回来，正要去看看，见嫂子红红回来了。人没进门，就传来她朗笑的声音，"哟，做啥好吃的，远远就闻到香味了。也不叫嫂子一声。"

只见她拿着一包东西款款进门，把那包东西放在院里桌子上，道："今儿回我娘家一趟，摘了些香椿，拿来给你尝尝鲜。还有一件事，我二弟五一订婚，要请你去，不要忘了时间，是五一节。"

英子听了问："知道媳妇家是哪里的？啥时定的亲，咋没听你说过。"

红红眨眨眼睛，道："我弟弟的大学同学，娘家是宝鸡的，两人在大学就认识了，人家又读了研究生，刚毕业，所以才提起结婚。人家家里条件好，干部子弟。弟弟娶媳妇，咱娘家也不能太过寒酸，是不是？没给你说，是没有定下来，怕万一有啥磕绊，让人笑话。这不，在城里的新房才收拾好，我妈就催促我弟，赶紧结婚，说她急着抱孙子哩……"

她这会儿像突然打开了话匣子，喋喋不休说起了一车皮话："人家娃，屋里是宝鸡的，那是个大地方。媳妇叫楚萍萍，一上班就有一万多元的月收入，那可不是吹的，一万多哩……"

嫂子说得唾沫星子飞溅，越说越有劲，像她娘家要迎娶一位财神一般，她显得十分得意。说着说着，她又联系自己老公，这让英子心里很不爽，也不好表现出来，只得听她继续发泄她的车轱辘话："一天去弄石头，弄回石头来又懒得收拾。"她说着，眼睛却瞟着屋里那她老公高新发送给英子的那两块石头，她说，"遇到好的、值钱的，他还有落不完的人情，送这个，送那个，也没见他有几个好朋友，谁领他的人情。再说了，现在是经济社会，哪个傻子拿这个东西送人，除了脑子有病了，就是瓷锤些个，再不就是傻得不透气，心眼让糨糊糊住了。"她说得动情，脸也红了，像有一肚子委屈，竟然一把鼻涕一把泪地呜咽起来。

英子晓得嫂子的德行，并不见怪，也不安慰，由着她呜咽、抽泣，心里还在想着小满他们怎么还没过来呢？

良久，红红停了呜咽，她起身去拿了毛巾抹了抹脸，看着桌子上的菜肴道："你要请人来屋里吃饭？看来嫂子有口福了，好，还有葡萄酒，需要我帮忙不。"

英子无言以对，笑着说："嫂子不哭了，你这一来，我这像是有了勃勃生机，平日里死气沉沉的。今儿就要热闹热闹呢，你就留下吃饭。"

红红坐下，情绪安定了下来，好像刚才的暴风骤雨与她无关，笑着跟英子说起家长里短、闲言碎语。

英子说："今年你家种了十几亩玉米？我看今年的麦长得不错，我种了七亩，玉米三亩，就这，把我愁得。现在宝和说他身体好了不少，还是不敢太劳累，说不定到时候还得雇人，谁家有多余的劳力，不是出门打工了，就是抽不开身，我也愁得没了主意。不说种不到地里愁，收也犯愁，想来就是这样，没有地怕没吃的；有了地，愁没干活的，真是把人拴住了，离不得，舍不得，也是愁不得了，这就是矛盾，家家户户、男男女女都有的矛盾。只看人前吃饭，不见人后受罪。"

说着，这红红多情的眼里又泛起了泪水，转瞬便消失了，她说："我不管，有你哥操心，嫁汉嫁汉，穿衣吃饭，他再不行，也得管我有吃有喝才是。"

说着，她心境突然开朗，像想起了什么，忽地起身，说她得回去了，屋里还有事。

英子见嫂子要走，也没有客气的话，虚情假意她不会，便将她送到大门外。

第七章　偶遇知音

　　饭后，华小满回到他的房间已是午夜时分，他并没有喝酒，却是精神抖擞，进门就去看他今天弄过来的那块大石头。坐在那石头前，开始审视着石头的看点，搜寻其形象的特点，发挥出他的美学知识，捕捉有用的看点以及信息。

　　他有他的打算，就是要选择一块能当镇馆之宝的物件。只见这石头有五个可欣赏的面，且似乎每一个面都有主体，有的繁杂，有的简洁，有的诗情画意，有的古韵悠然，有的宛如远古的徜徉。他自然晓得，石头欣赏不只看其长处，还要全面衡量其质地以及其蕴含的文化价值。

　　此刻，就体现出"书到用时方恨少"了，平时，他买了不少有关奇石鉴赏的书籍，却也就是翻翻而已，并没有细细地品读，更不要说潜心研究了。他也知道"自己买的书，几乎很少读，除非是借别人的"，不过他还是了解了不少有关奇石的浅显特点，也知道中国奇石是有悠久历史的，尤其是小说《水浒传》里提及的花石纲，还知道"米芾拜石"的故事，他也曾给不少村里年轻人说过"米芾拜石"的故事。甚至还写了一首顺口溜：

　　宋代米芾好丹青，诗书画墨样样精。
　　平生只因奇石爱，自然造化费解通。

莫问怪诞由莫问，大千世界万象中。

执着笏板朝堂上，原来叩拜石丈情。

石癖石呆有异象，痴如醉度慰平生。

绕石三天茶不想，悠闲自得拜石亭。

人道美石灵璧看，几多忧思又相同。

米芾奇石爱不够，从古至今有人行。

这首诗，他在朋友圈发出，赢得不少赞誉，也由此得到方书记的关注。也是因此，他才和女书记说了第一次话，开始了他搜集石头的兴趣。于是，便一发不可收，生出了要在村里开奇石馆的想法。

一时间，许多城里的奇石爱好者也因此找到他，见他"收藏颇丰"，都商量着想买他的石头，这给他制造了不少麻烦。都知道，凡事对于喜爱者来说，他们是有一股子"黏劲"的，坚决地拒绝，那时他是轻易做不到的，于是便想了一个更好的办法。他把一些看上去他认为"品相二流"的石头拿出来，说："谁要可以，得拿好的来交换。"

这使得他既不得罪人，也使得本来就是经营石头的商家有了"生意"，各取所需。他可以"商量着以物易物"，就有了大的选择空间。这事，被一些行家听说了，无不点赞感慨。久而久之，接触的人多了，路子也就多了，有不少市里的、省里的，甚至是外地的商家常和他联系，一时间搞得顺风顺水。就连村里那些好事想凭石头发财的村民，也常来找他卖石或者以石换石，甚至请他鉴赏，估价。

老牛倌也说他有文化，脑子活络，会经营。

他说："就是一块石头，他能道出许多文化来，什么图、形、质、趣、韵，头头是道，不承想，就知道说'好得很，美得很，嫽得太'，人家是有理论，有见解说，不能什么都美美美！有文化就是不一般啊。"

此刻他便会想起他的忘年交，当初他的那些老朋友，尤其是那个孔新宇。他多次给小满提及的一个知青，说那人才是有远见的，能把每一块看到的石头都叫出名字，诗文也写得好，那是什么年月，距今有五十年了。放到现在，那才叫有远见，有头脑，而且有见识哩。

从他多次对故人喋喋不休的怀念语言里，小满也心驰神往了，可惜那是几十年前的人了，现在哪里还有一点消息？还是当下的事情要紧。

他仔细端详解读石上一个面，审视那细腻石质，黝黑干净，美玉一般。再看那凸起的一条条曲线形成的图案，有密有疏，图形宛如"共工怒触不周山"，那画面让他浮想联翩。他记得读过一本书，似乎写的就是这个故事。他在电脑上搜索了原文是：

昔者，共工与颛顼争为帝，怒而触不周之山，天柱折，地维绝。天倾西北，故日月星辰移焉。地不满东南，故水潦尘埃归焉。

再看译文是：从前，共工与颛顼争夺部落天帝之位，（共工在大战中惨败）（共工）愤怒地撞击不周山，支撑着天的柱子折断了，拴系着大地的绳索也断了。所以，天向西北方向倾斜；所以，日月、星辰都向西北方向移动了；大地的东南角塌陷了，所以，江河积水泥沙都朝东南角流去了。

再看画面发现，共工头颅硕大，双腿朝前奔跑着，正对着壁立千仞的不周山，云绕雾罩，显现出猛士的决心和果敢，令人唏嘘不已。他想，即便是可以的人为创作，也未必能达到如此惟妙惟肖的艺术效果，那么有冲击力，有视觉感。

他想，见过不少奇石，像眼前这么又似画图又像浮雕的，或许见少识寡，这是第一次看到，有如此的冲击力和画面感。一时激动不已，当即拿出笔记本，坐在石头前，再三思考，良久，才在本子上写道：

自古都说有奇石，我得石头乃共工。

远古故事谁曾见，九天玄女也似梦。

史前可曾也浪漫，可有明月初照人。

人称高原帕米尔，自来游走皆为神。

神仙一怒天柱断，剩下高原风卷雪。

石头记忆何时月，犹有葱岭连天绝。

偶得奇石自长思，其中奥妙和认知。

……

不知何时，小满才睡下，蒙眬之际，觉得有人敲门，断断续续，许久，他迷迷瞪瞪醒了过来。睁眼又听见声音越发大了。他有些不耐烦地问了一句："你谁？大早上不让人睡觉，敲啥敲？烦死了！"

说是说，他还是下床去开门。来的是一位陌生男子，只见他是五十岁左右，高个子，皮肤白皙，略瘦，两肩很宽。一双目光深邃的大眼睛，表情沉稳。脸上泛着笑意还带着八九分的和蔼，一条牛仔裤，一件白衬衣下摆塞进裤子里，显得十分干练，尤其是他那盈盈可亲的表情，足以显出他的教养与身份。

面对这样一位陌生人，小满便不好继续睡他的回笼觉了，而来人很有礼貌地在院子里看地上的石头，似乎看得很认真，不慌不忙，很有几分绅士风格，这越发让小满疑惑了，他是谁？来这儿有什么事？要做什么？一连串疑问提醒着他，这是位陌生人？他知道，经常有城里人来他们村看石头，买石头，尤其是有几个做石头生意的，他们几乎都是本市本县的，面孔自然并不陌生，而这位不速之客却并没有见过。

他迅速起床洗漱了，在厨房里烧了水，还特意地拿出他的黄山毛峰给客人沏上茶，笑吟吟地对客人道：

"请坐，敢问大哥是哪里来的，有何见教！"

那人似自来熟一般，并不显得些许陌生，依旧笑吟吟地坐下，从他的皮包取出了两包中华牌香烟，打开一包，取出一支递给小满，并且又打了火给小满点上，再给自己也点上，然后将另一包没开封的，很熟练地放在小满面前，显得自然而然，并无些许做作。

小满客气地接了烟，表示要知道客人所欲，那陌生人依旧是和蔼可亲地笑着说：

"我是西安来的，喜欢咱这里的石头，慕名而来，知道你才是研究陈炉石的大家，故而特来拜访。"

说着，他目光坚定，双手合拳，一派江湖气息。

他说："近几年，咱陈炉石名声大噪，看势头要碾压灵璧石了，我就好奇，特地来看看，打听了，方才知道你就是这方面收藏和研究的大家，这就来拜访了。"

听他说话滴水不漏，又是"慕名而来"，小满就得"有朋自远方来"，有所表示，至少不能冷落了人家。他呵呵地笑了，又起身跟客人握手，以表欢迎和同道的那种示意，拉着客人道：

"人不亲行亲，咱这也是'石为媒'了，自我介绍一下，我姓华，名小满，年少你，你为尊，是哥。是奇石爱好者，专家不敢当，也是初入此道，还望不吝赐教呢。"

来人十分谦逊，依旧和蔼地说道：

"老弟好，我姓王，名清云，长安人氏，做茶叶生意，尤喜收藏，涉猎古董、字画、钱币、奇石等。今儿拜访老弟，痴长老弟几岁，还望不吝赐教。"

他像江湖人一样地向小满报以回礼。说完，他起身出门去，片刻便回来，手里拿着两样东西，两包茶，两瓶酒。他还是笑容可掬，落落大方地放在主人家门里面的地上，说道："出门仓促，没有准备，还望老弟不要嫌弃。"

俗话说，会说话也当钱，像王清云这样，既会说话，又出手大方的，在乡下还是稀有，华小满自然在不知不觉间就接受了这位"不速之客"。

他也是性情中人，很快便对来人有了好的印象。见客人眼神落到屋里地上的石头，便介绍说道：

"这是昨天才从地里抬回来的，有300多斤，几个人费了好大力，折腾了一下午。昨天下午请他们喝酒，就睡了懒觉，让大哥见笑了。"

"嗯，嗯，好，好。"

那王清云似乎看得很细致，他一边回应着小满的客套话，一边细细地观赏着地上的石头，道：

"的确不错，的确不错，想不到我还是有眼福之人，才请回来的宝贝就让我遇上了，也是缘分啊。可遇而不可求，可遇不可求。"

小满见他对石头如此评价，心里美滋滋的，一边看着壶里的水不热了，就提着去倒了，换上热水，又去拿出苹果削皮，做着主人应有的礼节。

他的举动让王清云连连道谢，一时间显得像很熟悉的老朋友一般。只听王清云说："好东西，好东西。"他看看小满又环视一遍屋子里的陈设和家当，若有所思地说着无关主题的话，什么房子老旧了，太低了，光线差了，家当过时了，最后还很内行地说：

"前几年搞脱贫攻坚，你家这房子也没收拾一下，我看村里不少人家都是新房，显得这房屋更老旧了。"

他有一搭没一搭地像是说给华小满听，又像说给他自己听，而小满似乎并不以为然，回答道：

"呵呵，自家的房子，凑合着自己住，也得自己来收拾，咱又不是贫困户，是我这些年没在村里，过些日子还得走，这房子说不来以后怎么弄呢。"

那王清云若有所思，他看看窗户外边，又看看华小满，说："咱吃饭去，附近哪里有好点的酒馆？"

华小满呵呵一笑："你是大哥，又来自远方，哪有让你请客的话，咱去镇上，我请大哥。"

王清云依旧豪气地说着要请他，这让华小满只得说了："既然你把我当兄弟，那，在陈炉这地方，就得听兄弟的，哪有哥哥请兄弟的？让人笑话呢。"

见如此，王清云便不再说什么。

二人出了门，小满突然想起了什么，他取出手机，给英子打了个电话，说，让她与宝和不要做饭了，跟他们去镇上吃。

他对王清云解释了他和英子的关系，王清云笑着说道：

"好好，我这遇上好事了，他们在哪里，咱去接去。"

华小满说："不用，马上就来了。"

他朝英子家方向看了看，只见英子与宝和姐弟俩远远地出现在路边，王清云是个聪明人，响鼓无须重槌，和小满又说起了石头来。

很快，就见英子面带笑意走来，见有人和小满在一起，英子远远道："你有客人，我就不去了。"

这边，王清云笑着说："哪里话，你不去，我去他是不会高兴的，等的就是大美女呀。"

等姐弟俩来到面前，小满笑着对王清云道：

"乡里人，不如你城里大方，少说两句，呵呵。"

只见宝和快步走过来，他看着王清云说道：

"你是省城来的，我见过你，那次你买了一大车石头。你真是有钱，大老板！"他说着竖起大拇指，又说，"我小满哥的石头不卖，开奇石馆用的。"

这话使得小满很高兴，他无意中道出了他想说而不便说的话。他呵呵笑着对宝和道：

"你不知道，他是我刚才结识的朋友，不要胡说。看你姐修理你了。"

他笑着看看他的新朋友王清云，又深情地看了看英子，便让这姐弟俩上车。

在镇上酒馆里，王清云毫不客气地点了菜，他说这不是喧宾夺主，也没有其他想法，就是为了表示自己的心意。

他说："来陈炉，首先是奔着陈炉石的声誉来的，但不是主要的，这不矛盾，再好的石头也不过就是石头，不是人，更不可能代表一切，只有人才是第一位的。今天见了小满兄弟，就是我最大的收获，是任何都比不了的，不要说金银财宝，珍珠翡翠了，"他看一眼宝和，继续道，"海内存知己，天涯若比邻。这就是一个人见了脾气相投、志向相同的人才有的感慨，我是被小满老弟的胸怀所折服，因此，海内存知己，我就觉得我是遇到了知己，何不乐哉快哉。"

他的话似乎很有道理，也很有感染力，连英子也被感动了。她笑着道：

"王老师真是从大地方来的，说得太好了，我敬你一杯，我弟弟年幼，他不常出门，见少识寡，还请王老师不要介意。"

华小满听了这话，也很吃惊，他没想到她竟然会这么说话，于是便端起酒杯，对王清云说：

"老哥哥，英子说得对，我兄弟不会说话，莫见怪。"王清云见此，于是也没说什么，几个人像老朋友一般，场面十分融洽。

华小满见大家都高兴，心里乐滋滋的，他不喝酒，见王清云几杯下肚，便有些飘了，说："王哥喝了酒，今天就不能回省城了，就住到我这里，又没外人。"王清云高兴了，他说："没事，有老弟这句话，老哥就足够了，这才是我的好兄弟，跟我一起来的，还有其他人，不用担心。"

听到这话，小满也放心了，继续给他劝酒。他们在酒馆里坐了很长时间，王清云依旧是意犹未尽，在小满劝说下才打算打道回府。小满要结账，见老王已经结过了，就埋怨：

"老哥，你是客人，这不是给兄弟难看。"

王清云摇头道：

"既然是弟兄，就不要说了，别见怪，以后哥来这儿就有落脚处了，我才是满心欢喜呀，你们说，对不对？"

他将目光掠过英子，见她听得很认真，微笑着说：

"我在咱这里发现，这儿的人长得英俊、漂亮，我是说大部分，譬如，咱的这位……"

他喋喋不休地说着，很有分寸，看似闲话，丝毫不经意。

多年来，英子很少与外人接触，话语自然就少，尤其是在陌生人面前，甚至显得有点怯场。听得王清云如是说，羞得满脸通红。

她起身，拿起干净的筷子，给王清云和小满都夹了菜，也给弟弟宝和盘子里夹了。也让小满很欣赏，哪怕就这么细小的动作，也是爱屋及乌吧。

小满看看英子，再看看宝和，若有所思地对王清云道：

"我也得去工作了，一转眼就在屋里待一年了。"

他解释道："我服务的那个公司，因为疫情原因，几乎停产了，现在才有了重新开工的迹象，这一停就是半年三个月，索性我就回来了。前几天，来电话说让我回去，准备大干一场，把前边耽误的工期赶回来。这边，我的奇石馆也要开了，村上建的房子也好了。"

他顿了顿："简单装修了一下，就这两天，就得把那些石头搬进去。还有一二十个座子还没有做好。"

王清云十分感兴趣，问道："好事情，好事情，这儿应该有个奇石馆，老弟你这是做了件大好事，我第一个支持你。"

他说着，十分识趣地关心道："需要资金，你只管开口，不要客气。我先赞助50万咋样，不够了尽管说，要办就要办得有气派，像那么回事，不要过后再反复折腾，其实那才是省钱的。"

他话说得似乎很是轻易，华小满抬头看看他，没料到眼前的这位"老板"竟然也是"性情中人"，也不敢妄加断定，乐呵呵地说：

"自然欢迎哥加入，如果有你加盟，便是锦上添花，前途无限了。"

他这么一说了，王清云便愈加兴致昂扬，一时间愈加和谐，又喝了一杯，说道："说干就干，来，来，再来两杯，咱去你们村里看看地方咋样。"

华小满此刻想了很多，看着兴致高昂的英子，憧憬着奇石馆办了以后的情景：古琴声中，英子在奇石馆里讲解，游客络绎不绝……

第八章 终成眷属

陈炉石

出自亿万年前，
记忆几多沧海桑田。
印记深深地留下，
却是紫陌红尘里的表现。

歌声起了又落下，
大地深处是深深的期盼。
陈炉石，陈炉石，
深深纹理记忆深深的情感。

Chenlu rock

From countless eons before,

Memories have weathered the tide of time and more.

Imprints are deeply etched and seen,

Yet expressed in the world of the red dust, serene.

The sound of singing rises then falls,
Deep in the earth lies a yearning call.
Chenlu rock, Chenlu rock,
Deeply engraved with emotions that unlock.

华小满、高玉英带王清云看了村委会新建的奇石馆，都很满意。王清云十分高兴，当下就给他的公司打电话，安排给华小满打了款。小满打心里由衷地感激这位新朋友。他拉着王清云在石馆门前合影，还不忘拉了英子也站在一起，笑着说：

"你就是咱的馆长，站到中间。"

王清云在他车里拿出相机，对着镜头调整了距离和角度，又给宝和拍照。英子还觉得不自然，扭捏着站在两人中间，看着弟弟拍照。他很聪明，看了一次便学会了，于是就连着拍了几张。王清云拿过来看了看，很满意，笑道：

"不错，宝和拍得好，以后就可以给咱当好服务员了，好好干。"

人逢喜事精神爽，无意间，华小满得到王清云大力支持，心头的负担似乎忽地散了，浑身轻松。他与华小满又说了一些何时开馆的事宜，只见王清云的司机过来，王清云对小满说：

"不早了，我这就要走。"

华小满说："不急，不急，你得拿几块石头，这是我的心意，必须得拿。"

关系都到这份上，自然无须客气。他们回到小满家，小满打开几个房门，让王清云随便拿。一个"随便"还真把王清云难住了，就在这时，有人用推车推来一块大石头，推车的正是英子的哥哥高新发，只见他一进院子大门，就喊了英子和弟弟宝和，兴致勃勃地说：

"英子、宝和也在，小满，我今天得到一块这样的石头，看着像以前在地里的那种翁仲，你建石馆能用上，就给你推来了，估计一般人家不会要。"

说着，他就把那翁仲竖了起来。华小满和王清云都过来看，只见这"翁仲"高有一米二三，模样的确像先前在咸阳塬上看到的那种石刻，通体黝黑，人体模样，颇为呆萌。他记得那时他在咸阳塬上游玩，看到过不少，还记得有朋友读了李贺的一首诗，叫《金铜仙人辞汉歌》，依稀记得是：

茂陵刘郎秋风客，夜闻马嘶晓无迹。

画栏桂树悬秋香，三十六宫土花碧。

魏官牵车指千里，东关酸风射眸子。

空将汉月出宫门，忆君清泪如铅水。

衰兰送客咸阳道，天若有情天亦老。

携盘独出月荒凉，渭城已远波声小。

因有这首诗，他就想起了清人缪公恩的那首《翁仲》的诗：

剑佩衣冠恰俨然，昂藏尽日对苍烟。

不言浑似三缄后，僵立何曾一步前。

墓道草深无麦饭，纸灰风散落榆钱。

牧人来往谁相问，任遣牛羊陇下眠。

很有沧桑感，令人感到人生和社会的变化，以及无限的怀古忧思。更为神奇的是这翁仲通体布满细小石花，尤为可爱。

英子看着他哥，说："这么大一块石头，你是怎么从沟里弄上来的？怕有几百斤吧。"

宝和手摸着翁仲，说："这块儿石头干净得很，像刻意收拾了的，就是太大了，又这么高，家里摆不下，也不好卖。"

他的话惹得王清云哈哈大笑，他说：

"宝和，这可不是一般人家要的，更不可能摆，是古人墓冢前摆放的，不是一般古代达官贵人所能受用，得有一定级别的才行。譬如乾陵、茂陵、高陵，等等，尤其咸阳塬上，多得很。"

他说着，让他的司机拿了两个石头，连着底座一起的，和华小满告辞，出门乘车去了。目送王清云乘车远去，华小满看着英子，意味深长地笑了。

傍晚时分，落日余晖尚在。华小满和英子来到奇石馆里，筹划他的心里布局。他注意到谁家门前的牡丹已经含苞，突然有一种"光阴飞驰"的喟叹。看看身边的英子，她那种像山花一般的隐忍和任劳任怨的承受力，让他从心里折服。他从心里感知到她那种倔强，似乎从不把自己当回事，也没有任何浮躁与虚伪，也不是任由命运安排，因为他发现在她心里和日常中，她依旧在用脑子，关心她所接触到的真情实事，这在浮躁的现实里尤为难能可贵。

他对英子说："你不要光想着咱们开馆的问题，我建议得抓紧把咱俩事情办了，不结婚，会有很多不便的。"

俩人信步向上面走去，路边的几棵老槐排成一列，郁郁葱葱地站着，树上传来喜鹊"喳喳，喳喳，喳喳喳……"的叫声，抬头看去，透过层层浓密的绿叶，隐约可以看到树枝上的喜鹊窝。

华小满循声望时，见树的高处有喜鹊巢穴，便指着对英子道：

"看那喜鹊窝，就在树上，那里有它们的梦，翱翔的梦，远方的梦。"

英子故作懵懂，说："那是鸟儿的窝，出去劳碌一天，歇息的地方，你怎么知道鸟儿还有梦？在人看来，它的生老病死属于自然，也没谁关心，我在书上看过，一般喜鹊寿命是十年左右，也有长寿的，能活十五年左右。大多数的寿命是七八年。"

她若有所思道：

"要说起来，人就显得很牛了，至少也得混他个几十年，保养好的，心情愉悦的，那就是百年也是有的。主要取决于'心情'，若一天到晚郁郁寡欢，为这事奋斗，为那事追求，相互攀比，只怕逊色于他人，整日费尽心机、绞尽脑汁，谋求成为人上人，其实是适得其反，活不了多久的。像《红楼梦》说的那样，'机关算尽太聪明，反误了卿卿性命'。这些，凡人都晓得，又有几人能做得到呢？"

英子的话，使得小满很赞同，他若有所思道：

"英子，我想把咱俩的婚事办了，想了几天，今儿我郑重地向你提出。想了很久，我还是要出去，奇石馆的事情，还是由你跟宝和照看就行，总不能咱都守到这儿，所以，我在想，咱能不能一切从简，当然，该走的礼数一样不会少，你看咋样？"

华小满坦诚地道出了他的计划，英子似乎并没感到不妥，毕竟俩人都不小了。至于其他细节，她向来没有多想过，只要把宝和安排了，她就再没啥顾虑的了。说着，忽地笑出了声，说：

"看看我，跟你还说这么多废话，你什么不清楚。不过，似乎我又不说不行，也想不清楚为什么，说吧，啰唆；不说吧，又感到我似乎嫁不出去，但又不甘心。矛盾得很，看你像没事人一样，我就觉得像是点着了炮捻子，不听见那一声响，心总是提着放不下，咯咯咯。"

她抬头看看天，已是日落西山，暮色正悄悄降临，鸭蛋清色的天空上星星还不是很清晰。回望村里，已经湮没在暮色之中，有零零星星的灯如宝石一般闪耀。小满道出了心里话，如释重负似的，听着英子喃喃自语般地诉说，生出了怜香惜玉的情怀，说：

"回吧，我觉得有些冷。"

英子却说："我不觉得冷。"

她确实没有一丝寒冷的感觉，倒是一腔的"火焰"似欲迸发，对华小满说着："这傍晚多美，满天星斗，回屋有啥意思，没有半分诗意，你就没有一点浪漫气息，怪不得城里人说咱是'乡里人'，就没一点情趣吗？呵呵。"

英子又道："我想起了一首歌，叫《昨夜星辰》，我看今天的星辰就不错，为啥还要'昨夜'呢。我问你这高才生，今夜的星星放到诗里，应该怎么说？"

华小满想了想，说："还从没想过这个问题，那就叫'满天星光'还直截了当，你说对不对？省得弄巧成拙，别扭了，你以为呢？"

俩人说着又顺路向上走去，只听英子说道："我没读过大学，更别说读研了，在你们这些'骄子'面前，是卖弄不是？我觉得我已经被淘汰了，学校里学的那些，没忘完也差不多了，以后还得跟你读书识字学习呢。"

不知不觉到了塬上，更觉得天地辽阔，白日里那些逶迤的群山，苍苍茫茫，此刻看来就像迷蒙的水韵，只是色泽深了许多。英子这么说着，突然像诗人一样伸展双臂，大声地朗诵郭小川的诗：

今夜呀，

我站在北京的街头上。

向星空瞭望。

明天哟，

一个紧要任务，

又要放在我的双肩上。

我能退缩吗？

只有迈开阔步，

踏万里重洋；

我能叫嚷困难吗？

只有挺直腰身，

承担千斤重量。

心房呵。

……

听着她的诵读，他很受感染，心绪徜徉在诗人心湖里，良久，良久。不知不觉间，这时脚步却慢慢地转回。

次日，华小满就忙活起了他自己的终身大事，当然还先得腾空几间房子放那些宝贝石头。他一大早就去村委会要了房子钥匙，把门打开，又叫来搞装修的，打电话把英子叫来，一同交代了装修事宜。买了一大包喜糖，这才与英子一道去领了结婚证。

接着他又开车带着英子去城里订购家具，这样一天就过去了。再下来还是忙活他的婚前准备工作，这些琐事先按下不提。

高华村的女子出嫁时，鞋上不得粘有娘家的土。沿途的磨盘、碌碡、井口、石狮等处要贴上红纸。拜堂时，先拜祖先，再拜父母。拜堂完毕入洞房后，新郎用从女方家带来的筷子，挑了一下新娘的盖头，然后进屋"踏炕"。

"踏炕"，指事前在炕的四角各放一枚麻钱，新郎上炕在麻钱上各踩一下，寓意四季发财。在婚礼过程中还要穿插"转圈"游戏。在院子中间摆放一把椅子，姐夫脸上被抹上锅黑，胳膊夹着被子，围着椅子小跑，小夫妻跟着姐夫跑。来客在周围挑逗姐夫，戏耍新人。英子和小满他们的婚礼自然也少不了这些。

婚礼上午待客是吃饸饹，下午设宴吃席。中午时，直系亲属和重要来宾，要吃新娘从娘家带来的蒸饺。有个蒸饺内包有硬币，谁吃出来，预示谁有福气。午饭后，婆婆用围裙兜着新娘事前为婆家直系亲属做的鞋，来到院中，让来客观看新娘的纳鞋手艺。然后，将这些鞋用红布盖着，放在炕角，意为"捂孙子"。现在这一项就省去了，因为现在会做鞋的女孩子几乎没有。晚上，新婚夫妻要吃"换碗面"，男女双方互吃对方碗中的面条。面条必须由嫂子擀面，切出来的面要又长又细又薄，寓意生活和睦、恩爱、幸福。英子和小满的婚礼也是按着这个程序走的。

十天以后，就是他和英子的大喜日子，自然是亲朋满座，高朋如云，尤其是还请了王清云。红红当然也是主角，但她心情却很复杂，尤其是看了新房的摆设以及装修，再看到宝和也是一身新衣服，乐得一脸高兴劲儿，就觉得自己心里别扭，再看到光彩照人的新娘，更是满满的醋意。当听说小满把奇石馆交给英子与宝和照看，更是倒了醋缸一般酸溜，看到自己男人也跟着大伙喝酒高兴，心头越发堵得慌了。

众人的祝福，像是和她有意作对一般，使得她的心情都写在了脸上，尤其看着老公，心中愤恨，嫌他没能耐，嫉妒不已。看到老牛倌也跟着乱起哄，眼睛瞥了又瞥，心里骂着"老不死的"，但她还是被村里的顽皮后生在脸上抹了红红绿绿的颜色，成了大花脸。有道是，幸福的人满眼都是幸福，嫌热闹的场景总是短暂。

老牛倌把宝和叫到他面前，告诉他："你也得喝两杯酒，今儿是你姐的好日子，也是你的好日子。娃，以后可得听你姐的话，你们能有今天可是不容易呀，以后，你得好好听你姐的话呢，她像母亲一样照看你，委实不容易，就是你妈也不过如此啊。"

宝和懂事，回答道："叔，我晓得，我晓得。"

他似乎有万语千言一般，说着说着就哽咽了。旁边的几个老汉也跟着唏嘘不已。

这时，王清云端着酒杯走过来，他对宝和说："宝和，你可得对你姐好嘞，她既当姐又当妈，太不容易了，你要向你姐学习，以后要有担当哩，可不能让你姐生气，她这么多年带着你可是苦够了。"

宝和哽咽地说："我知道，大哥，谢谢你来参加我姐的婚庆大礼。"

他一边很礼貌地、深深地给王清云行礼，一边向几个人大声问好。

王清云笑着走到新娘面前，开玩笑道："英子，今儿听了不知多少有关你的赞誉，大家伙和乡党们对你无不交口称赞，感受颇深。从你身上，我看到在书里或者报纸上才能看到的事迹，深受感动呀。在物欲横流的社会，若不是亲眼所见，耳闻目睹，都会当作一个凄美的传说。"

他向英子敬一杯，看着意气风发的小满，感慨道："古人云，'编新不如述旧，刻古终胜雕今。'有幸参加二位的婚礼，再敬二位一杯！老话说得好，'有缘千里来相会，无缘对面不相识'，来，再同干一杯！"

在座的大伙此时都不约而同地起身，几乎同时干了这杯和谐、祝福、欣喜的酒。

老牛倌今天一反常态地在众人面前,几杯酒下肚,他很高兴,话语自然就多了,打开了话匣子,不住地夸赞高玉英是少见的"好娃",他无限感慨地说:

"英子这娃,是我看着长大的,在我的记忆里,她向来有礼貌,见了我,向来都是大叔大叔地叫着,从不白搭话,自小就是这样。她自幼读书就勤奋,为了分担家里的负担,舍弃了自己的前程,无怨无悔,这在当今年轻人里是鲜有的,反正,除了英子这娃,再没见过第二个。可怜我的英子啊……"

老汉说到激动处,竟然抑制不住地哽咽了。在座的大都是乡里乡亲,因而,引起了他们的心里共鸣,无不唏嘘不已,感慨无限,尤其是村里人很多沾亲带故,这一刻似乎才感到自己的"淡漠与无视"是那么狭隘。

接下来,老牛倌讲的话触动了在座的所有人,他说:

"我活了八十八岁了,也算经得上沧桑吧,先前,城里来的知青,脱贫攻坚的工作组,一场场运动,一个个人物,我都有印象,有的还很了解。我觉得,国家的政策都是好的,都是为民谋福祉的。而百姓中大多数人也是跟着党的政策走的,其间不会没有困难,没有纠结,没有细微的问题发生。大伙都知道,英子为了照顾生病的弟弟,主动放弃了自己的学业。为了给弟弟看病,在大好的年华里守候着弟弟,守候着咱高华村,无怨无悔……"

他说的都是事实,感动了乡亲,感动了英子和小满,也感动了他自己。

王清云激动得站起身道:"我讲两句,听了许多乡亲们讲英子的事迹,很是感动,不得不为新娘高玉英女士鼓掌点赞。在英子身上,我感受到了淳朴的民风和朴素的感情，看到了传统精神之所在，那就是支撑我们精神的信仰，一个人如此，一个团体也如此，那就使得我们的脊梁支柱常在，生命之树常青！"

他几句话说得大伙更是激情澎湃，心潮起伏，久久不能平静。华小满的几个同学问他："小满，这位是你的朋友，他很有水平吗？"

小满得意地满脸堆笑，如沐春风一般。

英子的哥哥高新发和嫂子红红坐在那里，见大伙都在热情洋溢地祝福英子，平日里很会说话的红红却似乎话语不多。红红关注的是新房里的家当和排场，见英子婚服并不奢华，她心里平复了许多。可看到亲朋好友送来的礼物，又有些难以接受了。

可当她看到王清云礼品只是一个锈迹斑斑的青铜镜时，差点没笑出声来，心想："啥破东西，还'瑞兽葡萄纹青铜镜'，不就是一个破铜镜吗，有几斤铜，值多少钱？也拿来糊弄人，还说'送给英子作纪念'，看来这省城的人也会糊弄人。"

她对高新发说："你给我买个这样的镜子，要比这个大点的。"

高新发不外行，揶揄老婆道："你知道那是啥？哪有卖的？你去给咱买个看看？你越来越能了，这是'井里的蛤蟆'，能得不行了。"

红红不干了，拉住他的袖子，怒目道："你说啥？我是井里蛤蟆？！你啥意思？！"吓得高新发立马不敢吱声了。

他对红红说："咱去坐后边吧。"

红红道："就坐里头，有啥不敢见人的，我也不少随礼，咋啦，我长得丑？你给我找个洋妞来，叫老娘看看！"

高新发哑了，吓得不敢再多嘴了。红红与几个婆娘搭讪，醋意地说着挑剔的话，也许这也是不可或缺的一种景象吧。不过都是小声地私语，"恐惊天上人"而已。

这个说："听说小满这家伙在城里发财了，咋会回来找媳妇，省城没有年轻女人还是他找不下？"

那个说："这事，王八看绿豆，谁跟谁对眼，说不来。我倒是觉得英子配他绰绰有余，不要说英子是老姑娘了。"

那个又说："就是的，说人家时，先想想自家，我觉得小满这娃不错的，咱不能吃着人家饭，砸了人家锅，要说点吉利的话，不要说葡萄是酸的。"

还是英子哥哥高新发说："你们不要说我妹子，她又没惹你们，也没吃你们的，吃饭也堵不住嘴。"

倒是这句话刚好让敬酒的英子听见，她接着哥哥的话说道："各位姐姐嫂嫂们，你们说啥都没事，我不在乎，有则改之，无则加勉。谁个人后不说人，谁人人前不作假，无所谓，只要大伙喝好吃好，给我的婚礼添点热闹，我都是无比感谢！"

她这几句很有水平的话，使得村妇们个个惭愧不已，心怀愧疚。

华小满没想到，他的婚礼来了这么多人，颇有几分自豪。虽然他和英子被乡党们给脸上抹了五颜六色，俩人依旧是沉浸在满满的幸福之中。

婚礼的晚上闹新房又称"耍新娘"。从新娘英子进门开始，一群年轻人，都是他们的同学和亲戚，一直闹到深更半夜。旧时，要一闹三夜。俗话云："三天以内没大小，老汉老婆都可吵。"据说除了父母、孕妇、寡妇和未婚女子，都可以闹房，但主要闹房者还是平辈和晚辈，尤以男青年为甚。闹房有个规矩，凡众口同声提出的节目，新郎新娘必须照行，题目难度再大，新人都不得恼怒。但闹房者不能打坏新房中的杯、盘、碗、碟等物件，否则视为不吉，要遭受众人的谴责。高玉英已经参加了无数次同学的婚礼，刚开始，她还有点不好意思，次数多了，也置身事外，不以为然。现在轮到自己，也乐得接受。

婚礼的最后一项是"回门"。三天后，英子在小满的陪同下回到自己的家，这叫"认门"，也叫"认亲"。原本丈人一家大小和新女婿坐在一起，摆上花生、核桃、糖果和瓜子等，边吃边认亲。先是新女婿跟着新媳妇，把娘家的亲戚按辈分叫一遍，然后小一辈称呼新女婿，气氛非常温馨和谐。但是，可怜英子父母早已不在，只有哥哥嫂子充当长辈招待他们，不免显得些许凄凉。

第九章　岁月记忆

　　小满婚后第五天，老牛倌来奇石馆找到他，说让他去把屋里那些石头拉到奇石馆里来。小满这几天忙得啥都忘了，见到老人家便想起了那事，就拿了些礼品，也是特意为回访一下特殊乡党备的东西，给老汉一个高级水杯，一套精致的耀州瓷茶具，包括茶海，还有一斤上好的午子仙毫，这是王清云送来的。

　　英子沏了一杯，放在老汉面前，介绍说："叔，这是咱陕南出的茶，你看看，是不是每片叶子都立了起来，小满交代说，专门给您老的。刚好您来了，一会儿让小满给您老送过去。"

　　只见清澈的茶水，香气飘然，嫩叶徐徐绽开，慢镜头一般，顿时，杯中散发淡淡清香，悠然而淡雅，像一幅画，很快就将杯中水幻化成一种奇特的物质，这便是诗画一般淡绿色的茶水。

　　老牛倌品尝过这茶叶，但他觉得上次那茶不如这次清澈，似乎那叶子也没有这么整齐地立在水里，真的好看，这简直就是艺术品么。忍不住心里嘀咕，难道这是水的原因，还是我老汉的水不行？

　　小满似乎看出他的疑惑，道："这沏茶是有讲究的，水温度不能太热了，也不能太低了，要在七八十度，沏出来的茶才是最好的，否则，温度高了水就不清澈，要是温度低了把茶叶就冲泡不开。"

见小满说得头头是道，他也是将信将疑地听着。老牛倌听了，啧啧称奇，便连连说："好，好，好，没想到喝茶竟然还有这么多讲究，也是长见识啦。"小满还告诉他，秦岭以南出好茶叶，那里人喝茶就有讲究，不像咱北方，大多数人只是看水变了热，只是分淡不淡，黏不黏，也不论啥品质，解渴就行，哪有如此烦琐的讲究。

老汉把这讲究的茶水品了三大杯，起身，对小满说："走，跟我去把那些石头拉过来，也省得我费神，不敢轻易搬动。"

英子让他再喝几杯，他拿着那包茶叶举了举："这么多，屋里还有一袋子，我老汉能喝多少，我先头里走了。"说着就出门去了。

让华小满没想到的是，当他和英子、宝和几个人来到老牛倌家的时候，老牛倌已经往院子里挪了十几块大石头了。

小满忙说："您老咋就自己动了，这怎么能行，石头都不轻，哪一块也至少几十斤重，大的有上百斤，咋就得您老动手了？"

老牛倌不服输道："咋就不能动了，我下了一辈子苦，年轻时曾把那牛犊子抱来抱去，这比那差得远了，没事。"

老牛倌的话惹得几位年轻人哄堂大笑，宝和更是拉着老牛倌的手看过来看过去，无比憧憬道："难以想象，一头牛，就是小牛，那也得看多大的小牛，就像抱小孩一样？"

老牛倌呵呵地笑了，说："两岁的牛娃子，有一百多斤。"

他双手比画着说道："跟一头驴差不多大。"说得轻描淡写，更令宝和敬佩不已，啧啧称奇。

"厉害，厉害，难以想象啊！老叔，那时你喂养了多少牛？牛好养不？我都向往你养牛的场面了，那是多么惬意呀！"

老牛倌哈哈地笑了，他说："瓜娃，还惬意，你不知道那可是人都不愿意做的营生，没黑没明，劳人得很，责任大得很哩。喂牛养牛可不比养鸡那么省心，尤其到了生小犊子，和照看月子婆娘一样，劳人得很。那时候，你姐还不记事哩，算来有几十年了吧。"

小满和英子见宝和跟老牛倌说话，就动手将那石头往车上搬了起来，一人搬石头，一人拿座子，五块儿就把后备箱摆满了，俩人仍然也不说话，先送回去一趟。回到他们奇石馆门前，就见到高新发从门前过，高新发也看到了他俩。见到他们车里拉来的石头，十分惊讶，说：

"哪儿来的石头，这，是正经老坑石头，个个精致，件件满花，真是太牛了！这怕值不少钱吧。"

说着，他也上前帮忙卸车。他搬着一块石头，问妹子道："哪儿来的这，都是宝贝，我第一次看见这么美的石头，哪儿来的？"

英子笑了，用神秘的语气道："咋样，这才是个个绝品，件件美品吧！不过，你绝对想不到这是哪来的。"

这时，又一辆车停到路边，下来的人是王清云，他依旧是牛仔裤，白上衣，干练又和蔼，笑吟吟地对英子打招呼：

"英子，你兄妹俩说啥哩，这么高兴？"

英子见到王清云，喜笑颜开，冲着他们的奇石馆喊道："小满，看谁来了。"

她笑着上前，迎着王清云道："王老师，你咋来了，快，看我们刚才拉回来的石头，就是从那位老叔屋里拉回的。"

又对着大门叫："小满，小满，看谁来了。"

小满把车上最后一块石头搬了过去，忽听英子唤他，出门看是王清云，也满心欢喜。

王清云也来到奇石馆门前，见了小满，说："又来好的了？看你喜笑颜开的样子，让我一睹为快。"

华小满因记着还得去拉石头，便对他妻哥说："哥，你先陪着王哥喝茶，我得再去一趟，还有一些没拉回来。已经摆到院里了。"

王清云笑了："还有，我也跟你一块去看看。"

于是，小满便对他妻哥说："你先在这儿喝茶，我们去去就来。"

他又向王清云介绍了石头的来源等等，王清云饶有兴趣地点头。

来到老牛倌家，看到老牛倌与宝和正在从柴房里往外搬石头。院子里已经摆放了大大小小十几块石头，有的带座子，有的不带，放眼望去都是上品。这让小满更是诧异，他万万没料到，咋就会有这么多上好的奇石，他惊得合不拢口，不敢相信自己眼睛了。

老牛倌从柴房出来，见到华小满和王清云，乐得无言以表，激动地说道："看看我的记性，也是突然才想起来的，放在这儿，都几十年了，要不是你弄奇石馆，恐怕我死了也不会想起，瞧瞧这记性，真个是被糨糊糊住了。"

小满、英子、王清云，自然不晓得老汉心里秘密，也不知道他激动的原因。此时，太阳暖洋洋的，小院显得分外温馨，墙角的迎春花开满小黄花，一丛玫瑰也含苞待放。有几只细小的蜂儿绕着花卉飞来飞去地忙碌着，似乎在呼唤着明媚的春光。

老主人精神满满，颤巍巍地招呼着客人。他让宝和重新沏了茶，招呼他们坐下，便娓娓道起了那个尘封已久的秘密：

> 说来话长，屈指少说也有四五十年光景了，只多不少。那年，知青孔新宇突然来找我，他十分认真地对我说，他把他平日里搜集的石头托付给我保存……后来他就走了，再后来，知青们都陆陆续续回城了。又过了几年，我听有人说，他当了兵，参加那场自卫反击战，去了老山前线，后来牺牲在那里了。以后我也多方打听，都没有音信。这么多年了，唉！时常在梦里看见他，还是那帅气、精干的小伙，走起路来，虎虎生风。真是像戏词里说的那样，恍然如梦，一晃就是一辈子啊……

老牛倌也是性情中人，对往事的回忆和对故人的怀念，使他无比感慨和激动，眼睛里流露出的暗淡，像他心头停滞的水，使得在座者无不神伤。

英子眼睛里早已是泪水盈盈了，她沉思着那个似曾相识的身影，曾经行走在他们这块土地上的一位青年，随着一支岁月的歌走远了，融入、消失在历史的长河里。留下的是曾经的追寻、追求，以及后人的追思、追忆。

她想起了她小时候听过的一支《蹉跎岁月》的歌：

青春的岁月像条河，
岁月的河啊汇成歌，
汇成歌，汇成歌。
一支歌 一支深情的歌，
一支拨动着人们心弦的歌，

一支歌 一支深情的歌……

华小满更是心潮起伏，汹涌澎湃，他似乎隐隐约约听老人说过那些知青在他们村里的情景，却没有如此具体、真切。

而王清云似乎也很有感触，他说他的两位哥哥曾经也是知青，听母亲讲过他们的故事，也是一番唏嘘、嗟叹。

他说："母亲说，那时候没有计划生育这一说，家家户户都是娃多，几乎家家都有上山下乡的，到了我这儿，就停止了。还说，那时候人们都很淳朴，不讲究什么，能把娃养活大就不容易。"

老牛倌又是一番叹息，完了，他起身对小满说道："我把这些石头交付与你，也是为了传承对他们的记忆，所以，我要求在介绍栏目里署上孔新宇的名字，也算了了我一桩心事。"

他喝了一口茶，又要起身给王清云续茶，小满赶紧接了过去，说："我来，您老歇着吧。"

老牛倌叹息道："唉，老了越发不愿意休息。那句话是咋样说的，'老牛自知夕阳短，不待扬鞭自奋蹄'，可能就是我这个时候的心思吧。也有人说，人老爱财，我咋不信，老了老了，要那钱财做啥，给自己买棺材呀。我看，就是守财奴。就像那一首歌唱的那样，神仙好，儿孙好，功名好，金钱好，'积到多时眼闭了'，还是古人说得对，身外之物，一场浮云。"

王清云给老汉竖起拇指，十分赞许："透彻，精辟！"

老牛倌心情格外好，催促华小满又搬了三趟。小满就看他的奇石馆里没地方放了，建议等有空地方再搬。老牛倌说，不行，搬就得搬完，至于为什么，他不说。

听老牛倌那样说，华小满以为老人家是不想再折腾了，便说："那就搬到我家去吧，也好配底座。"

小满赞许道："让宝和记住，给这些石头要一一造册，那是岁月的记忆。"

大伙都非常赞同："好办法，好办法！"

尤其是王清云，他出了个好点子，说："把座子都配好了后，选个好地方，连同咱这儿的自然风光一起，拍摄个风景片，也是宣传咱陈炉石的一个办法，还能带动着宣传地域文化，也是一件好事。"

为了尽快拉完老牛倌家里的石头，王清云把他的司机叫来，两辆车又搬了五趟，才算把院子里的搬完。

老牛倌笑着对华小满说："今天就到这儿，就在我家吃饭，你和英子给咱做吧。"

华小满兴致盎然，英子更是满心欢喜，她对奇石馆的前景越发看得远了。王清云本来就是个"石痴"，何时见过如此多的陈炉石精品，自然是激动不已，再加上听了这些石头的来历，愈发唤起了他的"石痴"情怀。

他说："今日我看了这样的奇石，又得知这石头主人的故事，更是肃然起敬，今天由我请客，咱喝茅台酒，请大家给我这个机会。"

他恳切地说道："说心里话，我似乎看到那位知青孔新宇的身影，似乎领略到一位奇石爱好者的拳拳之心。在牛倌老叔身上，我看到了一种让人敬仰的古风气息，是纯粹的君子之风，还有华小满兄弟的人格魅力，若无此魅力，这些宝贝老叔是不会交付给你的，这也是一种'古风'，一种超乎一般人的信任啊！所以说，仅此，就得我做东，一定得我做东。"

英子与宝和也被他的激情感染了，情不自禁地笑了。英子示意小满，不要让"人家"破费，敏锐的王清云早察觉了，对英子道：

"妹子，给你说过，不要把我当外人，我是为牛倌老叔这'古风'而喝酒的，没有其他任何意思，你一万个放心吧。"

他提议道："今天，咱去城里，可以不？"

谁还有啥讲的，这就成了"主随客便"了。

老牛倌拿着挖土工具，带着华小满、英子、宝和，还有王清云来到他的菜地前，指着他还没有种菜的土地，深情地对小满说："就在这里，埋藏着那些知青当初搜集的石头，埋了有几十年了，现在我就把它们交给你了，也是我老汉给孔新宇、李爱国、王铁成、秦小侠、刘菊香、沈爱玲他们一个交代。还望你们好好保护，以期望那些人的心灵安妥，我也能放心了。有朝一日见了他们无论谁，也算是有交代了。"

华小满已经泪流满面，英子眼圈红了，宝和也是肃然起敬，王清云更是热泪盈眶。他没想到，在这物欲横流的今天，竟然有像古人那样，为了一个承诺，一个诺言，守候数十年的。小满和王清云两个人开始挖土，他俩极其小心翼翼地一层层取土，生怕有任何闪失。宝和也不知从哪里拿来一个小铁铲子，参与到挖掘之中。他们的举动引起村民的注意，纷纷走过来看稀奇。

老牛倌对他们说："有啥好看的，没见过挖土？"

便有大部分人陆续离去，还有几个好事者，要看他们能挖出啥稀奇宝贝，甚至还主动提出要搭把手。

老牛倌黑着脸，说："谁让你搭把手了，去去去！该干啥干啥去，不要在这儿凑热闹，没见过挖土？一个个少见多怪。"

　　他这么一说，都没意思地去了，有的嘴里还嘟囔着。用了两个多小时，华小满的手才感觉到挖到什么了，这边王清云也发现了。很快就有两个不小的石头被搬了出来，而且上边的土很好清理，很快就把两块都清理出来。华小满、王清云看了，无不喜上眉梢，心中赞叹，禁不住兴致高亢。来不及细细欣赏，便让宝和先送回去，王清云考虑周到，笑着说："他咋送，还是你开车送去吧。"

　　华小满恍然大悟，道："呵呵，就是，就是，说得对。"

　　看到土里出了宝贝，高宝和心里也是喜气洋洋，他打开手机，放起了那首《记忆的石头》的歌曲：

　　　　流云划过时空，
　　　　追逐远古初梦。
　　　　无数繁华，多少故事，
　　　　定格了记忆千种无限风情。
　　　　……

　　　　Drifting clouds traverse time and space,

　　　　Chasing ancient dreams from long ago.

　　　　Countless prosperity, myriad tales,

　　　　Frozen memories of a thousand infinite customs.

　　　　……

　　石头太多，挖得太慢。兴致勃勃的华小满和王清云越干越有劲儿，尤其是那王清云，跟着干了三天，直到最后一块石头被起出放进华小满的老屋院里，他才告辞回到省城，自嘲地说道，咱也成了小孩儿，一见到宝贝啥都忘了。

司机笑着说："这也是一种享受，一般人所没有的享受。"

他乐得跟小孩子一般，赞许道："那是，那是，谁给钞票也没有这样的劲头啊，这就叫'痴呆、痴子'，还有什么能如此吸引我的！那些石头，看着就有劲儿，一个字，就是美！"

王清云坐在车上，一会儿便打起了鼾声。

司机说："的确是'石痴'，石头比啥都亲。怪不得古人就写《石头记》，没写《木头记》哩。"

自从收到老牛倌赠来的石头，华小满兴奋得觉也睡不着了，坐也是石头，躺也是石头，相逢开口也是石头，梦里也是石头。英子说他成了石头迷了，他说是这些石头一下让我不知道咋办了。他一个个地翻看了，觉得那位"孔新宇"真不简单，在几十年前就有那么高深的鉴赏能力，确实厉害。一一数了，整整 365 块，正好一年三百六十五天啊，暗自想象，那孔新宇一定也是这么想的。他决定给每块石头都配一个座子，不能让它们"委屈了"。他粗略算了一下，需要不少费用，于是就打算出去挣些钱，看来没钱也是万万不行的。

于是，第二天他就找了制作底座的木匠楚惠安，他在城里制作奇石底座有几年了，技术、人品都不错，他们打过交道，因而有联系方式。

没想到，电话一接通，楚惠安就说："听说你搞了一大批好石头，祝贺你！"

华小满讲了他的想法，那师傅也不啰唆，说明天就来看看。他看了这么一摊子"活"，也不说价，就说："我听说是一批上好的石头，没料想个个是精品,件件喜欢人,真是陈炉石的代表啊!这一批货,得说这些艺术品,得用上好的优质材料,不过需要不少上好的红木,不能有半点马虎。"

他还说:"我知道哪里有好料,主人家和我熟悉,你放心,我不会在材料上加价,一分钱都不加。能为这么漂亮的石头制作座子,也是我有幸。你也可以跟我一同去看材料。"

他说得很诚恳,让华小满没有一点拒绝的想法,因此说:"我相信你,你算算一共得多少钱。我是外行,其实我心里还没把握哩。"

楚惠安见他面有难色道:"没事,我可以先垫上,又不是一天两天的事,不急不急。"

华小满心里明白,他说不急是客套话,于是,说:"你看这样,先把每个的尺寸设计出来,你也好有时间构思一下。资金的事,我去落实,咱不能做坑蒙拐骗的事,宁肯不弄,也不能坑了下苦的,对吧?再说了,你抛家舍业出来做活,还不是为了养家糊口,白干的事,你不干,我也不能让你干,谁都不容易。"

匠人楚惠安被华小满几句话说得心里暖烘烘的,立刻激荡起了他的豪迈之情。他低头想了想,激动地说道:"华老板,你这几句话说得我心里暖烘烘的,很高兴能和你打交道,啥也不说了,就照我说的办,为了你这位朋友,我乐意为你服务。"

也许真有这样的人,只要话投机,投了缘,就没有俗人的那些讲究,这是好奇使然,义气使然吧。这下,反过来感动了华小满,自然又是一番和谐交谈,和气一团。楚惠安向华小满介绍了红木的分类和来源,他说:"隔行如隔山,人们提起红木,好像贵重,价格不菲。其实,那是先前的事了,现在不一样,得益于市场开放,很多红木来自东南亚,已不再是那么贵重了。香樟木类、紫檀木类、黑酸枝木类、红酸枝木类、乌木类、条纹乌木类以及鸡翅木类等，可以说要啥有啥，不胜枚举。红褐色，绛香黄檀，紫红色转黑紫色；小叶紫檀、刺猬紫檀、越柬紫檀、印度紫檀、安达曼紫檀、大果紫檀、囊状紫檀、鸟足紫檀等。黑黄檀、卢氏黑黄檀、阔叶黄檀、东非黑黄檀、刀状黑黄檀、巴西黑黄檀、伯利兹黄檀、亚马孙黄檀、赛州黄檀、绒毛黄檀、交趾黄檀、巴西黄檀、中美洲黄檀、微凹黄檀、奥氏黄檀，等等，多了去了，任由选择。价格很低，回头我把目录表让商家发来给你看。"

见他言辞如此恳切，华小满更加放心了，当即就敲定了合作事宜。他也是感激不尽，说："今天，我请客！"

楚惠安道："看你说的，你能把这活儿让我干，哪还能再让你破费，我请客，这你就不要说啥了。"

华小满笑了，把楚惠安看了看，说道："这你就不明白了，请客也是有讲究的，打个比方，我是东家，你是客户，哪有客户请东家的，不就成了反客为主了？其实，这个问题很好说清楚，客户请东家，那是不正常了，叫'反客为主'，按说是不礼貌的，但是，为啥咱们所见的大多为'客户请东家'？这就是前些年市场转换，转的人都为了抢生意，所谓的请，就包含着'巴结'，东家巴结客户，甚至向客户'行贿'，害怕'生意'让他人抢去了。"

楚惠安似乎也明白过来，但他还是有点迷茫，说："这……似乎……那就……唉……我也糊涂了……好像都是这样的……又觉得……不行……糊涂了……"

他越说越糊涂，翻来覆去也弄不明白了。

"哈哈哈哈!"华小满乐了,他说:"弄不明白就对了,就是古人说的那样,'聪明难,糊涂难,由聪明变糊涂更难',没听人说过,难得糊涂?"

接着,他讲了一个故事:

有一年,郑燮,也就是郑板桥,到莱州云峰山观摩郑公碑,夜宿山下,在一老儒家中,这老人称自己为糊涂老人,他谈吐高雅,举止不凡,与人交谈起来十分融洽。老人的家中有一块特大的砚台,这砚台石质细腻,镂刻精美,实为世间极品。老人请郑板桥先生为之留下墨宝,以便请人刻于砚台的背面。于是郑先生以糊涂为引,题写了"难得糊涂"四字,同时还盖上了自己的名章"康熙秀才;雍正举人;乾隆进士"。

这砚台有方桌一般大小,郑先生写过之后,还留有很大的一块空地,于是郑板桥先生请老人题写一段跋语,老人没加任何推辞,提笔写道:"得美石难,得顽石尤难,由美石转入顽石更难。美于中,顽于外,藏野人之庐,不入富贵之门也。"

写罢也盖了方印,印文是:"院试第一;乡试第二;殿试第三。"

郑板桥先生看后,知道是遇到了一位情操高洁的雅士,顿感自身的浅薄,其敬仰之情油然而生,见砚台中还有空隙,便提笔补写道:"聪明难,糊涂尤难,由聪明而转入糊涂更难。放一着,退一步,当下心安,非图后来福报也。"

他说:"难得糊涂,好走路,人群里头不迷途。当然,我不赞成这样的,世间的事情,本当一是一,二是二,凡事都青青白白的多好,偏偏就因为人的'关系'而变得复杂了,甚至于发展到尔虞我诈,话不直接说,把简单的搞复杂，将容易的弄成一锅粥。结果，谁也说不清，道不明，稀里糊涂，就像鲁迅先生说的那样，有了'皮袍里面的小'了，为此，客不客，商不商，也不是说不清、道不明了。"

楚惠安似乎听得懂，又似乎不懂，还是不住地点头，一连跟着点头，嘴里答着"对对对，是是是"，这也算是"知音"吧。

这时，华小满的手机响了，王清云打来的，他笑着接道。王清云电话里先是乐，接着又是问候华小满夫妇，还让英子接电话，他说："弟妹好，我是你哥，听宝和说，请人做底座，人来了吧？你把电话给小满。"

小满接过电话，说："是我，你说，对，人就在这儿，价格说好了，没事，对对，就是的，好，你来了再说，再见，再见。"

放下手机，华小满对英子说："咱去吃饭，刚才王清云说，他有个工程，他明天就来，咱先去吃饭，叫上宝和。"

他依旧笑着对楚惠安说："走，吃饭去，明天我还有点其他事，底座的事，你给咱多操心了。"

他们一行吃饭、安排底座事宜自不必细说，华小满却又得忙碌了。

第十章　初见成效

过了几天，王清云又来了，他兴高采烈地来到华小满家里，见院里堆满了才从南方发来的红木，楚惠安正在院子树下坐着，正拿着铅笔比比画画设计底座。

一树桐花开得正艳，红紫相间，很有情调。宝和正在将一块块红木竖立起来，他说，为了让木料更干燥些。王清云似乎对此说法有些质疑，也终究没说些什么。一边是电锯、电刨子，还有一些选出来要配座子的石头。又问了些有关木料的事宜，便与华小满去了奇石馆。

他问小满道："木料够不够，我那里还有不少没座子的，也趁势给配上，省得麻烦了。"

"那有啥说的，顺道的事。"小满道，"我还发愁这些都配了座子以后，就没地方摆放，地方显得更小了。"

王清云想了想，欲说还休，转而道："能不能同村里说一下，再在奇石馆前建几间房？你想想，按400块石头的计划，小了哪里放得下？"

小满摇摇头，说："我算了，要按照一般的陈列方式，也得几百平方米，哪里有那么大地方？再说，村上哪里有那么多资金来弄这个？不用问，我要是领导也不会支持的，咱这儿又不是经济发达地区，哪里有这个能力？"

他进到屋里，取出一张本地报纸，递给王清云说："你看，有人写了一篇有关陈炉石的文章，你看看，就引来不少人。说明往后来这儿的人会更多。"

王清云展开报纸看到：

漆水奇石，展露东山；东山陈炉，炉火千年；曰"薪火"长歌，"古道"蜿蜒；厚土掩石，史书万卷。一朝出土，喷发光焰，色黛细腻，雅致无限。古人誉之磬石、磬玉，今人赞之"神奇、华妍"。有道是，数亿载前之酸雨浸蚀，亿万载之沧海桑田，几多地质变化，以"天工"而形成千姿百态之"奇石"——陈炉石被人们誉为中国四大奇石（灵璧石、太湖石、英石、昆石）之后的第五大奇石了。已是源远流长，古已有之。

其质地如玉，色泽青黛，令人感官悦目，悠然赏心。清脆悦耳，余韵悠长，绕梁不绝，有金属之声，俗称"八音石"。汉时，其石头被用来制成乐器。唐早期，曾用泗滨石制磬。因"下调不能和，得华原石考之乃和"。由是唐天宝年间即用华原石制磬。白居易诗曰："华原磬，华原磬，古人不听今人听。泗滨石，泗滨石，今人不击古人击。""长安市儿为乐师，华原磬与泗滨石，清浊两声谁得知。"

华原即今漆水市，可见此石历史悠久。"溯源应太古，堕世又何年"，从历史渊源来说，陈炉石在汉唐时已开采，但也只是制磬，为宫廷之打击乐器而已。发现其观赏价值只是近些年的事，应该说是源于当地的一些奇石爱好者，不经意间温柔地揭开了它沉睡在陈炉大山中亿万年来的神秘面纱，展现其姣好之面容。天公造物之神奇，让人感慨天地间竟有如此之尤物。"天生丽质难自弃"，凡见到陈炉石者，无不被它变幻莫测所吸引，"忽疑天上落，不似人间有"，有幸见者，深深震撼，无不称奇。但是现阶段仍然是"养在深闺人未识"，外界知之甚少。

发现收藏，兴致使然。代表着一个地方的文化发展以及人们生活水平的提高，也可以说是"盛世收藏"。待到人们生活文化的提升，鉴赏力的提升，某种意义上讲，反映了生活水平提高和鉴赏力的提升。近年来，在当地奇石爱好者中出现了不少的"奇石鉴赏者"和奇石收藏者，在漆水市也有了"奇石收藏协会"等，为当地文化增添一匹黑马。自然，也有大量的奇石明珠出现，诸如"东坡游山""浔阳江头夜送客""神鹰背上听秋风""鹧鸪声声""诗经·豳风""荷叶田田""京剧人物""西游场景""红楼梦人物""秦直道怀古""醉里挑灯看剑""临江仙"等，可谓琳琅满目，气象万种。

赋予石头文化，也是一种天工巧夺，业余之外，提高文化修养，培养雅致情节，欣赏奇石，也不失为一种"雅致"的选项。在收藏中读书，在收藏中学习，也是宣传漆水市，热爱家乡的一个好的课题，何乐而不为。

陈炉石种类：象形石、（高、浅）图纹石、文字石、镂空石、对石、化石、纹理石（刀砍纹、叶脉纹、核桃纹等）。这些，陈炉石皆具备，可谓得来全不费工夫。游云山、赏奇石、聊法情怀；游漆水市、唱新歌、美不胜收。其石斑斓，纹理多变，展示山川河流以及世间万象及芸芸众生，宛如大写意、小写意以及白描一般，图案生动，令人拍案叫绝。此石已经流传，无不令人青睐，令奇石爱好者趋之若鹜，很快便享誉大江南北，声名大噪。随着文化旅游之传播，越来越多人知晓和传播。一枚石头，一方画图，已是美哉乐哉，已是诗也、歌也。

王清云反复看了两遍，若有所思地说："说得不错，以后来的人不会少了，若无大点的地方就是不行，反而，糟蹋了本有的气韵。"

"是啊，不弄啥不知道啥，环境、位置、大小，哪一点都不可马虎，也只有干了的时候，才能发现不足之处，这不是业余和专业的区别，只凭想象是万万不行的。"

华小满说了他对奇石馆的认识，也是无能为力，也不过是一个叹息而已了。他想到，如果这400个底座好了以后，马上就是问题，一种思虑又涌上心头。

这时，一个熟悉的声音进入他的耳朵："宝和，你姐夫在不？"说话的是村里女书记，就听宝和道："方书记来了，我姐夫他在，在屋里和别人说话哩。"

小满出门打招呼，方书记看到小满，就问："听说你又搜集了几百块好石头，前面石馆里还能摆下不？"

华小满笑了，说："真是好书记，这么快你就知道。这不，请师傅来做底座，现在愁的是地方太小了。这些石头可是有纪念意义的，一块也不能少了，是五十年前咱村的下乡知青搜集的，很有纪念意义呢。"

他又对书记介绍："我的一位朋友，从省城来，给了咱不少支持，多亏他，要不前边弄那些的钱都不够。"

见屋门口王清云站在那里，笑着和书记示意，方书记客气地笑着道："刚听小满提起您，石馆多亏您的大力支持，谢谢您了。"

　　说着，她上前和王清云握手，笑容可掬地说："谢谢您的支持！我们村比较穷，想把事情做好，可力量有限，还望多多指导呢。"

　　王清云很会说话，他笑着说："小满和我是朋友，我也是奇石爱好者，所以就成了'石友'，现在自然也就成了好朋友，相互支持是应该的，应该的。"

　　第一书记方雨花得知这一情况，很感兴趣，她想了半天，也没有个头绪，但这也是亟待解决的问题。就在几天前，她去区里开会，有领导提及有关高华村奇石，说要解决好这个地方特产的资源问题，让她结合陈炉陶瓷、旅游作一篇文章。她首先想到了华小满，想到了村里的奇石馆。今天，来这里就是要采访他们，搜集和石头有关的素材。华小满就说到了有关问题，她让他把具体情况写个提议。

　　她说："区里有关于这方面的扶持计划，不是当下就能见效的，看你这儿的实物都摆这里了，也只有先找个临时地方存放起来。看来，咱的工作还是跟不上节奏，伟人说过，人民群众是真正的英雄。我得向你们学习呢。"她谦逊、认真的工作态度，很让华小满感动。

　　近来，老牛倌因关心、惦记那些"宝贝"，常来奇石馆走动。每次出现在石馆门前，宝和见了都会去搀扶他，他却每次都说："没事，没事，手脚没问题，好着哩，好着哩。"

　　英子也是忙着让座、沏茶，像对待亲人一般，老汉心里暖洋洋、美滋滋的。他把英子、宝和与小满都叫"娃"，管王清云称"客官"，惹得宝和感到好笑，他问老牛倌道："老大大哩，你咋称呼他为'客官'，跟古代人的词语一样？"

　　老牛倌并不觉得有什么不对劲儿，他说："不对吗，戏文里不是这么称呼的吗？你这娃儿，少见多怪。"于是引得在场的人一阵大笑，有人称老汉说得对，也有人觉得很陌生。当然，英子和小满并没有大惊小怪，他俩当然知道这是历史遗留在民间的口语，一点也不可笑。老汉一辈子就在山里，城里也没去过几回，最先接触的文化人，也就是20世纪六十到七十年代的下乡知青，依旧没有改了他原有的"土著"方言，似乎并没有多少人觉得"生分"。倒是他觉得现在的人说话啰唆，没有以前人的语言干练，若谁在他面前吟诵古人的诗词，他或许听懂，并不觉得"文言"，如辛弃疾的《破阵子·为陈同甫赋壮词以寄之》，他听那些知青念过几遍，就记住了：

> 醉里挑灯看剑，梦回吹角连营。
>
> 八百里分麾下炙，五十弦翻塞外声，
>
> 沙场秋点兵。
>
> 马作的卢飞快，弓如霹雳弦惊。
>
> 了却君王天下事，赢得生前身后名。
>
> 可怜白发生！

还有那首《西江月·夜行黄沙道中》，他也能记得滚瓜烂熟，也曾因此感到无比自豪：

> 明月别枝惊鹊，清风半夜鸣蝉。
>
> 稻花香里说丰年，听取蛙声一片。
>
> 七八个星天外，两三点雨山前。
>
> 旧时茅店社林边，路转溪桥忽见。

他还会得意地说："古人说的话，听着就知道啥意思，不像有的人说话，咋想也不明白啥意思，叽里咕噜，反正，我不喜欢。"

他居然说得斩钉截铁，似乎很有"权威"一般。当然，他不晓得那些宛如村语闲话的诗句可不是谁能那样"造诣"的，而他说的话或许也是有着"一定的研究价值"的，当然，这也是村里的村言了。他是村上奇石馆的顾客，也是主人，此时此刻也不晓得他对这儿贡献有"多么巨大"，只是那些"石头"有了去处，他就可以放心了。

耄耋之年的他，忘记了自己的年龄，心理上并没有岁月的侵蚀痕迹，心里依旧怀有满满的自信，也没有风烛残年的一些不安，依然恬淡，依然期盼明天的早晨，很是难能可贵。他老伴死得早，衣服却能保持整洁，使人并无邋遢之感。前几天，英子特意给他买了一身老年人休闲服，他也没有拒绝，美滋滋地穿上，据说还在村头转了两圈，有人问及，他便得意洋洋地告诉人家："娃们买的！还行吧？"有人揶揄他道："拎得很嘛。"语气酸溜溜的，他要的就是这个效果。

一杯茶后，老汉听英子说，西安老王来了，听说南方发的木料到了，小满和他去看加工底座。他放下杯子，说也要过去看看。出门正遇上第一书记，远远地打个招呼。

村书记方雨花看见了他，给他摆摆手，示意找他有话说。只见她上前两步，来到老汉面前，说道："高大爷，听小满说，您把存了几十年的宝贝都拿了出来，我要代表咱全村谢谢您。刚才，我去看了，那么多。小满正为这几百个宝贝的摆放问题发愁呢。您看，当下确实没地方，不过，还是要先感谢您老呢。为了乡村振兴，您老是走到了前头。"

面对第一书记的褒奖，老牛倌不好意思起来，解释说："不是我的功劳，也不是我搜集的那些'宝贝'，说起来话长了。"

村书记方雨花诧异了："无论怎么说，不就是您老保存的'宝贝'吗，这是大家公认的呀。"

"不是，不是，不是我搜集的，说起来话长了。"老牛倌憨厚地看着第一书记，说："石头真正的主人是一个名叫孔新宇的下乡知青，说起来有五十年了。"

接着，他便说起了那难以忘怀的岁月，不厌其烦地述说着那些他所了解的知青生活以及他和知青们打交道的点点滴滴，仿佛又回到了那个岁月。激动着、深沉着，似乎又看到、听到了那些熟悉的音容笑貌、熟悉的身影。方雨花也被他的往事所感动，想象着那些蹉跎岁月。

突然，一个声音将他二人拉回到了现实中，是华小满和王清云来到了二人面前。方雨花回过神来，见华小满正看着她和老牛倌发笑，就为自己的走神而有些难为情。

华小满说："走走，去饭馆里喝茶，站在路上干啥？大叔，匠人正在忙活哩，这几天就可以做出来不少。走，喝茶去。"

方雨花对小满说道："刚才听了大爷给我讲的知青故事，很感动，你可以把那些整理一下，等咱这400块石头布置展厅时，可以用得上。"

第一书记的话给了小满启发，他十分赞同这个建议，爽快答应了。她走后，王清云感叹道："这位第一书记是个干家子，不是混天天的。"

他竖起了大拇指，赞许道："我想起了一句话，'后浪'，说的就是他们这些人，大有前途，大有前途！"

这时，村民高强军带着一位城里模样的人，说他是南方来的，大老板，想买几块石头，要好的，价钱好商量，还强调说，一般的不要。

高强军把华小满拉到一边，悄声说："他看上你家院里正在配底座的几块儿，你看看，估个价。"

看他那架势，好像他已经给做了主一样。小满说："不卖，给多少钱也不卖，谁让你带人来我家里看货的？"

那客商走过来，递上一支香烟，笑道："华老板，你开个价吧。"

小满客气地说："不卖石头，一块也不卖，我们石馆有，都是用的。"

那南方人并不着急，慢条斯理地说："无所谓的，我们交个朋友，好吗？我姓金，金银的金，你就叫我老金就好啦。"

这倒是惹得王清云禁不住想笑，而华小满却并不买账，说："我谢谢你不远千里来我们村里，你可以找其他人看货买卖，我这儿的石头，一块也不卖，都是办奇石馆用的。"

他指着一旁站着的高强军说："你跟他去，他可以为你寻到要出手的，好了，谢谢你的光临。"

这金老板似乎不达目的不罢休似的，还要说什么，被华小满斩钉截铁地拒绝了："没得谈，再见。"

王清云看到华小满如此这般，很佩服他的定力。他知道，当下他已经是囊中羞涩了，估计已经没钱了，还能不动声色、稳坐钓鱼台，也是难能可贵。既然是朋友，也不能装糊涂，见眼前只有他俩时，便问小满，语气云淡风轻地说：

"兄弟，你有啥难处尽管说，不要不把我当哥。我看你最近资金是不是紧张了，不要把哥当外人。"

华小满稍显尴尬地说："看你老兄说的，有困难会向你开口的，有啥不好意思的。"

他说这话时，正好英子进门，他便改了话题，道："做事情，不可能一帆风顺，没有一点难处也是不可能的，有事就得需要帮衬，兄弟也不是不清楚，该开口就会开口，你不会吝啬，我也不会客气。"

王清云笑了："对，这就对了，一个好汉三个帮，一个人浑身是铁，也打不了几颗钉子，说实话，你最近花费了不少，还要应付许多事情，该给老哥说就说，不要扭扭捏捏。"

他言辞恳切，毫无做作，小满分外感动。与王清云接触这么长时间，了解到他不少信息，在他看来，王清云算得上是位奇人了。

他当过兵，建过大楼、架过桥梁，闲暇时也搞点收藏，兴趣广泛，为的就是"有事做，有喜好，有钻研"。华小满与他接触，能感觉到他在历史文化和金石文化方面颇有造诣。说不上专业，也不是门外汉。尤其是他为人慷慨仗义，朋友甚多，是个"人物"。因前面拿了他50万元，还没还给人家，哪里再好意思开口。

好像王清云有读心术，直截了当地说："小满，我知道你心有顾虑，其实也没有什么，有难处尽管跟哥讲，没有什么不妥的，谁让咱是兄弟。"

其实，王清云不光是"老板、大款"，他也是性情中人，他说过："凡是他看中了的人，是朋友，那就是缘分，就没有不可以帮的。"他还有一个理由："缘分是天定的，说不清的神秘，在茫茫人海中，能遇到，就是缘。"他也很博学，甚至说起漆水市，能从《诗经》道出不少，譬如《豳风》，譬如他指着西边的云山，说起文王山、武王山，说起公刘虽然处在戎狄地区，但继续从事后稷的事业，致力于耕种，到处察看土地性能，从漆水、沮水渡过渭水，伐取木材的故事；还说到汉代的大将军赵食其，还有唐代诗人杜甫。他不仅说得出诗人杜甫从白水前往鄜州的途中，经过华原（今漆水市耀州区），看到的是一个贫瘠的山区："我经华原来，不复见平陆。北上唯土山，连山走穷谷。"他又把手指着北方，说道："就在那边的玉华宫，诗人曾有一首著名的作品。"说着，他朗诵道：

溪回松风长，仓鼠窜古瓦。不知何王殿，遗构绝壁下。

阴房鬼火青，坏道哀湍泻。万籁真笙竽，秋色正萧洒。

美人为黄土，况乃粉黛假。当时侍金舆，故物独石马。

忧来藉草坐，浩歌泪盈把。冉冉征途间，谁是长年者。

他还是很博学的，竟能一一列举，侃侃而谈，他还能道出北宋时期曾经在华原任官、一腔热血到延州建功立业的范仲淹，在任职 8 个月之后，于庆历元年（1041 年）三月被降为户部员外郎，贬至耀州。在耀州任职仅仅一个月之后，又于当年五月调至庆州。在那里，他写了那首著名词作《渔家傲·秋思》：

塞下秋来风景异，衡阳雁去无留意。

四面边声连角起，千嶂里，长烟落日孤城闭。

浊酒一杯家万里，燕然未勒归无计。

羌管悠悠霜满地，人不寐，将军白发征夫泪。

他说："漆水市这个地方，地灵人杰，人才辈出。有一圣四杰……"可谓故国神游，心驰神往，宛如有古乐悠然，徐徐而来。似乎历历述说，轻轻吟诵道："傅玄，字休奕，今耀县稠桑乡傅家原村人，西晋著名的哲学家、文学家。令狐德棻，字素馨，今耀县城内人，唐初史学家。孙思邈，今耀县孙原乡孙原村人。唐代著名医药学家。柳公权，字诚悬，号松雪道人，今耀县阿子乡柳家原人，柳公绰之弟，唐代大书法家。范宽，名中正，字仲立。今耀县人，因性情宽缓，人称范宽。古风浩然，嗟叹不已。心海宛如清流水，思绪犹似大河，如元好问之小曲，似寇永修（寇慎）之乡音。踏后土黄壤，浴高塬轻风，感民风之淳朴，怀溪山之豪情。唯觉人生短暂，诸多思想流于一声叹息而已，如流水难复兮。"

他一通宏论，确实也把自己给感动了，再就是英子，她对省城来的这位王清云立刻有了不一样的看法，十分钦佩地说："啊，王师傅，听你这一说，让我由衷叹服，你是什么学校毕业的，完全不像只是你自己说的'个体户'，我倒是觉得你是位学者，至少也是中文系毕业的，实在佩服呀。你刚才说的那些，我在书上都看过，想不到你竟然如数家珍一般，一一道出，真是让人佩服得很，真的！"

王清云不以为然地"呵呵"一笑，说："这有什么，让你家华小满说，要比我说的多呢。"

在一边收拾展柜的华小满听了，谦虚道："我学的是理科，就是以前读过这方面的书，也早就忘到爪哇国去了。不过你刚才提及那些，也提醒了我，就想着给一些象形石取名字时，往地域方面靠靠，也更能突出咱漆水市文化，正是一个好的捷径。"

英子赞同道："那就更好了，突出地方特色，彰显地域风格，正是得来全不费工夫呀。"

第十一章　宝和拜师

　　来奇石馆的人渐渐多了，有各地来的游客，也有附近的收藏者，显得很忙碌。

　　没有多久，货架上那些标注可以卖的石头基本售完，英子乐得对小满说："想不到，这么快就卖了 30 万元，底座的钱不用愁了。还得去把村里他们收藏的也买回来，不能停了。"

　　小满似乎并不着急，他说："没事，不用急，咱是他们的朋友了，有的是办法，重要的是咱的东西硬棒，就不怕他人竞争，酒香不怕巷子深。"

　　他先给楚惠安打去了一半资金，而楚惠安说，不着急，我还有钱，好了一块结清就行。他倒是笃厚，也使华小满对他更高看一眼。也给他上了一课，那就是信誉是大道，绝不是江湖那些所谓的套路。或许，"德"与"道"在细小的思维里和行为中，他立刻觉得轻松了许多，眼睛里似乎光亮了不少。因此，想起了《道德经》里的话："道可道，非常道；名可名，非常名。无名，天地之始；有名，万物之母。故常无欲，以观其妙；常有欲，以观其徼。此两者，同出而异名，同谓之玄。玄之又玄，众妙之门。"

　　这天，英子刚打开奇石馆的门，方书记就来了，告诉她说："区上文旅局要来村里调研、视察，还特地提及了陈炉石，你和小满说一下，让他也准备准备，或许有关事项的问题，还得让他来解答，其他人不具备有关方面的知识。"她又环视了奇石馆里，关切地问道，"看来石头又多了不少？听说你俩最近在收购村民家里的藏品，这是好事，这样就可以集中了解村里的情况，也便于掌握村民在石头这方面的收入了，好好！"

正说着，小满来了。他笑着和方书记打招呼，说自己刚去看了一下那些底座制作的情况，表示对质量问题很满意，便请书记坐下说话，他打开烧水器，英子也拿了茶具。

方书记笑着说："你俩忙，我得去安排一下街道上的事情。"

说完，就走了。她前脚出门，后脚就有人来找英子，手里拿着要售卖的石头。这是三喜，只见他睡眼惺忪，脸色发白，进门就连连打哈欠。

华小满见了，便说道："你咋了，昨晚做贼去了，疲乏成这样子？"

三喜把手里的石头慢慢地放在地上，并不直接回答他，反而说："唉，死沉的石头，一路没敢换手。"

他一边揉搓着刚才拿东西的手，一边说："看看，这块儿能给个啥价钱？"

英子忙上前去，打开了包裹石头的破布，展现出三喜"一夜的功劳"，是一块满花上好的陈炉石佳品。这里所讲的"满花"，指的是石头上被图案布满了。小满将石头拿了放在磅秤上，说，86 斤，是不轻。他这才细细地检查石头的细微之处，再细看上面的图案。只见这石头被擦得干干净净，通体没有一点瑕疵，几乎方方正正，六个面，每个面都是一个图案，可谓光怪陆离，美妙绝伦。仿佛是《山海经》里的画面，令人无限遐想，飞越古今，驰骋天宇。

不周山、共工、饕餮、颛顼、九尾狐等，只有你想不到的，没有不可能的，令人难以置信。小满没有抬头，问三喜道："你开个价，啥价出手？"

说完，他抬头看着三喜，眼里一副平淡的样子。三喜看看小满，再看看英子，带着憨厚的语气，却并不诚心，说："我不敢狮子大开口，考虑再三，不敢说要像别人说的 300 万，也不敢说至少一百万，咱都是自己人，就这个数吧——你看看网上，比这档次差得远的，都标价上千万了。"

他伸出右手一个食指道："咋样，没胡说吧。"

华小满听他如此说，也不想和他辩解，只用不屑一顾的口气说："不多，一百万也不多，可我没有钱，买不起，你还是去网上看看吧，也不能一只鹰当个麻雀，一头牛当个鹌鹑，不敢吃了大亏了，我劝你还是多看看，多问问，多比比价，我也希望你卖个天价出来，也算是给咱陈炉石打个广告。"

他的这一番话，让三喜碰了一鼻子灰，走不是，不走也不是，考虑再三，就说要卖给"咱自己的店里"，而小满却说："一万我也出不起，你还是拿去卖给别人吧。"

说着，他漫不经心坐到办公桌前，翻看今天的报纸。英子依旧彬彬有礼，给三喜添水，店里显得很安静。没过一会儿，三喜就忽地坐起，把杯子里茶水一饮而尽，大声说道："两千，我就要两千，出手了。"

他说着站起身子："过几天我来拿钱，打我手机上也行，走了。"

说罢，他起身离去。出门正遇上宝和，宝和说："三喜哥，咋走呀？"

"呵呵，这还是倔驴！"小满起身，嘴里嘟囔着，"脾气不小，把他能的，让我再细细地品味一下这石头。"

宝和进门，和他姐说起了三喜，他说："三喜看上去一脸不高兴，谁得罪他了？平时他给咱不少帮忙的。"

英子笑着看向小满，说："一对倔驴，不过今天这个没说啥，那个就炮蹶子了。"

这时，小满已经在他手机上将一万元打给了"炉山情"（三喜的微信号），并给他留言：

知道啥叫驴，你就是一头驴！脾气见长，火气不小，劝你最近多吃黄连上清丸！

他把这事情办了，说给英子与宝和，宝和直笑得前仰后合。英子也是放下了心，她就担心和乡亲们谁搞得不好了，让人说闲话，平时谨慎小心，尽量避免任何冲突和诸多不愉快，见谁都是和和气气的。

小满给制作底座的楚惠安打了个电话，让他准备再做一个底座，说把石头马上送过来。他安排宝和，用推车将石头送了过去，说他随后就来。

也是该这生意兴隆，这时又有人送石头来了。来者是村民李淑丽，她是高光水的媳妇。光水常年有病，身体羸弱，前几年外出打工，在工地上出了事故，好歹保住了命，但不能再出大力，家里的担子就让老婆承担了。

华小满见她来，总是给予优惠，是买也是借故帮助这可怜人。这些，人家也是心知肚明，总是感谢再三，会把多给的钱，拿出一半放在桌子上才去，每每都让小满拿着追出好远。

她感激地说："不敢这样，你帮助我，我知道，也不能坏了人家生意的规矩了，那我就是罪过了。"

面对这知恩者，小满都是心怀感激的，更是不在乎得失。每每看到眼前有啥，就拿给她，觉得是对心理的慰藉，也是对弱者的帮助。

面对乡亲们的扶持与帮助，他颇为感恩，更是激起他的桑梓之情和对脚下土地的眷顾。他对李淑丽打招呼，请她坐下，端上茶水，才去查看她拿来的石头。

只见那石头：长方形，有三十公斤，石质细腻，黝黑，像被绸缎擦得发亮，细腻可爱，虽说花纹不多，也是一块不可多得的佳品。

他说："嫂子，给你拿两千吧，最近手头不宽裕，谢谢你的支持了。"

李淑丽笑道："小满，不要客气，给一千就行了，知道你近来花销大，以前都给的不少了，嫂子还得感谢你呢！"

小满说："你拿上吧，没有多的，就拿上，往后来日方长，不会一直这样的。"

他又把那钱递给了李淑丽，英子再给她倒茶，被她挡住了，她说："我得去镇上，买些青苗，把门前那菜地种上，雨水说来就来了。"

英子听了，说："今儿镇上集会？你不说，我都忘了，咱一块去，我也得买点秧苗，买菜太麻烦了。"

说罢，她给小满要了车钥匙，和李淑丽一同出门去了。

四百个底座，用去了不少木料，一排排制作好整齐排列在大棚下边，红木本色，雍容华贵。

前面的玉兰花开得正艳，淡淡的小花，香味儿袅袅。木匠楚惠安正在安装最后一个零件。宝和把板车停放在门前，进门来招呼木匠，楚惠安前去帮忙搬进了院子，就坐下来一边喝茶，一边看匠人手艺。

听木匠道："这是块好石头，得设计一个合适的座子。"

宝和趁机道："楚师傅，我想拜你为师，学习底座制作，你看我行不行。"

楚惠安笑了，说："瓜娃，这可是得下苦的，不仅仅是做底座这么单一，跟制作家具是一样的，你要想学，就得做好吃苦的准备，不能想一出是一出，得有恒心。"

宝和不服输地说："我知道，干啥都不容易，吃汤水还得拿上碗筷，我决心跟你学了，也是一门手艺么，行吧？马上我就跟我姐我姐夫说去，就这么定了，我就跟你学。"

楚惠安乐了，呵呵一笑，很高兴地说："哦，有信心是好事，干啥都是不容易的，要干好就更难，你听说过'鲁班的故事'没？"

宝和当然没听过，说："我知道鲁班是木匠的始祖，具体的故事，我去查一下手机，你就说收不收我这个徒弟吧。"

楚惠安道："收，也得经过你姐和你姐夫，我这没问题。"

他说着，还从衣袋里拿出一包华子，递给楚惠安，说，师傅歇歇，抽烟。楚惠安乐得合不拢嘴，道："呵呵，你也学会这一套了呀。"

说着，他拿起香烟，抽出一支，点着。

这时，华小满来了，拿着刚才李淑丽送来的那块儿石头。听楚惠安说起了宝和的心思，微笑着说道："呵呵，学当木匠，好事。你有恒心吗？你有决心吗？当木匠可是要更吃苦才行，不光是要有决心。在过去，木匠得先学三年徒，现在虽说人们都有文化知识，也要过下苦这一关，你能坚持得了？再说了，你的身体能行不？学习一门手艺，可不能凭一阵热情，得持之以恒。"

宝和不乐意了，道："我身体基本没问题了，学木工，人家学三年，我学五年还不行，咱笨鸟笨说，就不相信还学不会它。"

华小满听了这话，赞许地拍了拍他肩膀，道："好好好，我兄弟这话听着就让人开心，我支持你。"

下午，英子从镇上回来，买了十几样蔬菜种子和两大捆大葱秧苗，兴高采烈地对小满说："今天在镇上遇到了个以前的同学，她现在是省城一个画院的讲师，我让她看了手机上的陈炉石图形，她很感兴趣，说要专门来咱这儿看看呢。她说，陈炉石在外地声誉很大，还没见过实物，说要来买几块儿拿回去欣赏。"

华小满乐了，说："你就说卖给人家呀？"

英子说："我就那么没水平？你还揶揄我哩，我就不知道这是个宣传推广的好机会？真把我当成吃干饭的了？"

华小满呵呵大笑："我就想到我老婆不至于那么土气，没料到也是人精嘛。"

说了几句笑话，他又讲了宝和要学木工的事，英子自然很高兴，说道："这样好，艺不压身，好歹也是个正经营生嘛。"

小满说她这话土气，土得掉渣。她说："啥土不土，能顶上饭吃的才是好事。"

乐呵呵地说："择个好日子，举办个拜师宴，也是咱宝和人生里的一件大事嘛。"

小满自然赞成，宝和更是高兴得心里美滋滋的。三天以后，果然，他们就在镇上举办了宝和的拜师宴。小满特地请来了他的父亲华建树与母亲庞小玲，还有老牛倌和英子的哥嫂，又特意打电话从省城叫来王清云，以及几个要好的本村乡党。一众人都喜乐融融，见证了宝和对师傅的拜师大礼。

华建树语重心长地告诉宝和道："娃，师傅就是师傅，不可小觑，不可不尊重，你要切记，一日之师，终生之师，不可轻视，不可不敬，师如父，不可玩笑，得敬仰着。"

他说的这些，宝和不明白，还是感觉到大家都是给予他很多期望的，便答道："我晓得，晓得。"

自此，他就跟着师傅学手艺，孜孜不倦，这些都是后话。或许，这就是人世间，是人世间一朵朵浪花缘由，皆为朴素而来，为平凡而往，并没有许多神奇的事情，就是平凡造就着伟岸，伟岸提携着平凡，自然而然。小满一样，英子一样，王清云也一样，是一朵浪花，也是一个符号，一个音符，奏响着平凡世界的旋律。

王清云很高兴参加宝和的拜师宴，他似乎对木工工具很熟悉，得知这事，昨天就特地去市场里买了一套，当作他的礼物。今儿一大早便从省城过来，见到华小满和英子，开口便说，中国有句古话叫"授人以鱼，不如授人以渔"，这才是给他找了个正路啊，比给他金钱或者"照顾"强十倍、百倍。在座的无不说好。纷纷称道，他们这才是给宝和找了个正经事。英子更是喜笑颜开，感到满心的幸福感觉，不住地给大家斟酒，宝和也会及时地给抽烟者发烟，还礼貌地递上打火机。

王清云道："要继承发扬传统的'工匠精神'，在当下来说，显得尤为重要，啥是'工匠精神'？说起来大家都知道，如媒体上常说的：'工匠精神对于个人，是干一行、爱一行、专一行、精一行、务实肯干、坚持不懈、精雕细琢的敬业精神；对于企业，是守专长、制精品、创技术、建标准，持之以恒、精益求精、开拓创新的企业文化；对于社会，是讲合作、守契约、重诚信、促和谐，分工合作、协作共赢、完美向上的社会风气。'这是现代人的认识，古人也一样，在事业上或许比现代人要求更严苛。公认的木匠祖师爷是鲁班（公元前 507 年至公元前 444 年）。这个，我还了解过一些，姬姓，公输氏，名班，人称公输盘、公输般、班输，尊称他为公输子，又称鲁盘或者鲁般，习惯称他为'鲁班'。据说，古代遗留下来的很多建筑都有他技艺传承的影子，有关他的民间传说更是举不胜举，凡是中国人，尤其是木匠，没有不知道他的。所以说，行行出状元，就要看你用心不用心，努力不努力了。有志者，事竟成；凡事，只要你肯下功夫，能吃苦，勤钻研，没有做不到的，说到底，成功与否，在于自己，其他人只是你的啦啦队，各位，你们说，对不对？"

宝和听得频频点头，还不忘不住地给倒茶，一口一个三叔你喝茶，二大爷你抽烟，足以见得他还是情商满满的。

英子问宝和道："宝和，你王叔说的你听清了没？"

王清云赶紧纠正道："英子，你跟小满管我叫哥，宝和也管我叫哥，你怎么糊涂啦，咱这是在自家人面前，无须和我客套。"

英子顿时语塞，还是老牛倌说了句话，为英子解了围。

他说："现在的人，走得远，网络发达，见多识广，不能拿先前的路数来，以前的人结婚早，十五六岁就结婚了，现在几乎翻了一番，但是，在熟人面前，尤其是有德行的人面前，礼仪依旧不能少。不过，有些事，不说宝和他说不清，就连我自己有时也是稀里糊涂的，哈哈哈。"

一圈人也都赞同。宝和不吭声，他心中有数，他姐姐拿回的书，他基本翻看过，尤其是那套蔡东藩的《中国历史通俗演义》，他看过不下十遍，其中的人物故事，也能说个八九不离十，只是他不喜欢与人交流而已。一次，他突然问了英子一个问题，说："我问你一个问题，五胡十六国是怎么回事？发生在哪个年代？"见他姐姐回答不出来，他得意洋洋地说了出来："是指自西晋末年到北魏统一北方期间，塞外众多游牧民族趁西晋'八王之乱'，国力衰弱之际，曾在中国北部境内建立的政权，以匈奴、鲜卑、羯、羌、氐五个胡人建立的十六个政权为主，因此称之为五胡十六国，简称'十六国'。"临了，他还揶揄他姐姐，读书记不住，不如不读书等一套，也不知道他从哪儿得来的话语，倒是把他姐姐英子给唬住了。

这时，楚惠安说了，众人都洗耳恭听，只听他说："你们都不要拿宝和说事了，他没有见过大世面，也没有去过山南海北，这也正是他的长处。"

楚惠安喝了一杯酒，继续说："人都是被逼出来的，我也一样，以前我家大人常骂我是吃货，说实话，在没出来之前，基本没有走出过我住处的方圆五十里，第一次去县城，还是跟一个小我十岁的娃娃去的，路上走了一整天。当天夜里，就坐在汽车站的候车室里熬了一晚上。再后来，跟我的老乡去外地打工，到过四川、东北、新疆，后来才跟了我的师傅，一干就是五年，啥苦都吃过，到现在已经二十五年了。"

他说着也动了感情，我就喜欢那一首歌："为了生活，我们四处奔波。为了什么？我到现在也说不清，好像不就是挣钱、花钱，养儿育女，也不过跟其他人都一样，说到底，就是要想更上一层楼，就得不断地奋斗，不停地挣钱，不，不停地……不停地……"

他说着、说着，便一头趴在桌子上睡着了。王清云笑道："呵呵，他今儿收徒弟了，高兴地多喝了几杯。"

四月的风，带着绿意，绿了黄土高原，绿了三秦大地，陈炉古窑炉火依旧通红，窑工们在惬意地吃着龙柏芽，鲜香美味，品尝着初酿的玉米酒，辛辣爽口，诉说着今年的打算和憧憬，继续着他们悠悠的幽梦。宝和手机响了，是一首当下最红的女歌手唱的：

> 山有嘉木云雾中
> 乔柯娉婷迎春风
> 生长高岭，不显不争
> 大道自然与清泉相融
>
> 山有嘉木朝霞中
> 年年岁岁迎春风
> 相伴桃杏，嫩芽初萌
> 花开朦胧将她也映红
> ……

他们一行从酒店出来，华小满嘱托他妻哥高新发送楚惠安回去休息，还特地嘱咐红红待他酒醒了，给他做饭等，而后，开车带着英子与宝和俩去了东山，当然，王清云也开着他的宝马随后跟着。

东山是陈炉的最高峰，此时，正值龙柏芽花开时节，嫩黄的小花路边、山头、田边，一片片，云朵一般，煞是好看。华小满来此处，只是为了勘察这里的石头。其实，在这高山之巅，也有一种酷似他们那地方的石头，石形、色泽与他们那里的几乎一致，除了少有水滴痕迹，几乎一模一样，故而，当地人称之为"东山石"。在这高山之上，植物似乎也有选择，除了花白里透黄的龙柏芽，再就是黄色连翘花，两种芳菲晕染了整个山岭，更是别有一番风景。每到这个时节，镇上就有人来采集幼芽的，用于做菜或制茶等，这些年，由于发现了奇石，来的人就更多了。虽然此处与相距高华村很近，英子、宝和和小满也没来过，这会儿，宝和早被如诗如画一般的风景吸引了，不住地环视着左右，心里不断感慨着："没想到，咱这地方竟然有这么好的地方，真是太美了！"

他若有所思地感叹道："四月人间芳菲尽，东山仙草始黄白。"

这句话，竟然惹得英子他们都不住地夸赞。他解释说是借用了唐代白居易的诗改的。

一行人走入山间，王清云首先发现草丛中、山路上、田埂上……随处可见所谓的"东山石"，有的鸡蛋大小，有的盆口大小，有的一尺来长，有的大如床板马车，也是形状不同，大小各异，留心看去，竟然满山坡比比皆是。王清云张大了嘴，华小满呆住了口，英子与宝和看傻了眼，就连王清云的司机，也惊讶不已。

小满思索了一会儿，对王清云说道："咱现在就在附近找人，先委托他给咱搜集，好让车来拉。"

王清云点点头，十分高兴。他看了许久，对英子说："英子，不到这山顶上来，还真想不到你们这儿风景如此之美，不由得想起了唐代诗人王之涣的诗句——'欲穷千里目，更上一层楼'，也更加看到了大地的神奇，也领教了'一叶障目'的内涵，越发觉得自己才疏学浅了。今天的东山之行，让我突然明白了一句话，就是你们当地的方言，叫作'吃出看不出'，真是，没有调查研究，就没有发言权啊。"

英子莞尔一笑，道："你真有文化，这么个事情，就有一大套理论，实在佩服得紧哩！"

小满听了，也是觉得这位老兄有思想，有见识。

王清云在地里看到一块石头，石头很重，他试着去看分量，估计有二百多斤重，顺手搬了搬石头竟然纹丝不动。对他的司机说："你看这石头像什么，像不像那断臂维纳斯，这神采，这造型，咱把它抬到车上。"

怎奈两人费尽九牛二虎之力，也没啥效果。小满在前边，突然不见了王清云，回头看时才发现，于是，过来才知道王清云的意思，说了句："我车上有绳子。"他便去取了绳子和一截不算长的棍子来，又捆又绑，几个人好不容易把石头抬到了车里。

小满喘了口气，说："有二百七八十斤，就是在平路也不好挪动。"

王清云已是满头汗水，他气喘吁吁道："真是'石头'，死沉活沉！"

他们上到山顶，眺望远方，东是苍茫的关中平原，西为苍翠的子午岭，正夕阳高照，顿觉心旷神怡，倒是宝和一句话，让几人都感到恰如其分，"无限江山"。

轻暖山风，如画丘壑，纷繁往事，此刻都随着好心情化作一幅水墨，有人惬意，有人恬淡。

华小满与王清云二人皆激动不已，心里想着如何表达，而英子似乎开口就是一首诗，让他们俩瞠目结舌，赞叹不已。只见英子慢条斯理地朗诵：

> 西北望子午，东南眺秦川；
> 遥思后土久，周祖漆沮边。
> 以往多少事，如今化高塬；
> 炉山有谚语，磬石入艺坛。
> 谁唱诗经远，烟云绕土山；
> 村言近古意，跌宕沟壑间。

第十二章　发现宝藏

在东山，他们发现一个大的奇石矿脉，异常兴奋，王清云就在山坡上搜集了几百块。他雇车拉了两趟，自然是乐不可支。宝和也找了不少，忙活了四五天，累得浑身酸痛，直到再也腾不出空闲的地方放置。

这天，红红来找英子，说她家有几块上好的"货"，要她去家里看看给个价，合适了想出手。

英子道："好，不过最近几天没钱了，得先欠上，不知行不行？"

红红一听，十分不乐，说："我娘哥屋里有事，急需钱，我过河时就涨水了？"

她还是努力尽量压住心头火，继续道："屋里有点钱，都让你哥拿去存银行了，给他说，他带理不理的，我好难啊。"说着，便呜呜地哭了起来。此刻，宝和来找他姐，说："我师傅要去进货，让我来支两万元。"

英子听了，就问两万够不够？多拿一万吧，省的不够了再跑，省城一趟也得几百元花销哩。说着就给宝和手机里转了钱，宝和笑着："收到了，我现在就和师傅去了，拜拜！"

说了，就一阵风地去了。一边站着的红红看到这一切，越发心里不爽，对着英子大声地"哼"了一声，一甩袖子便走了。

英子看了，忙喊她："嫂子，你咋走了？"

红红远远地撂下一句话，口气充满了怨恨："走了，咱没钱，也不看你们脸！"

英子正要再说什么，就不见了红红的影子了。她一肚子不悦地回到了奇石馆，小满见状，说："我听你和嫂子说话，她人呢？你咋噘起嘴来，有啥不高兴的？"

英子愤懑地说了红红刚才的事，眼含泪水："这就把人惹了，我并没说啥，只是说过几天给她钱，她就不乐意了，简直是跟小娃一样，还萌得不行，我看就是装腔作势，气死我了。"

小满听了，呵呵一笑，说："这有啥，她就是这性子，也是大哥给惯的了，任性惯了，一旦不如意便恼怒，也是正常的，你生啥气，值得吗，哈哈！"

英子转不过弯来，越想越生气，嘟囔道："都几十岁了，不容忍别人一点，都是谁惯的毛病？！我和她解释都不行，直接就走了，还说着刺耳的话，叫谁听？！就见不得别人好，啥人嘛！"

小满听得更是禁不住，他倒是觉得英子还是没有生意人的忍耐力，还得多多历练才行。

因此道："你俩年龄相当，但她是你嫂子，还得看大哥的面子，不是发了脾气就完了，往后还得低头不见抬头见，得往长远想，意气用事是不行的。"

小满这会儿像个长者一样，"教育"着通情达理的英子，也是用心良苦了。

看着英子一时转不过弯来，就把话岔开，说很多天没有去沟里看看了，见村里有人抬上来些质地不错的石头，不如趁现在没事，咱也去看看。说着，就带着英子往沟里走去。

此时，暖暖的东风吹着，吹得山野是绿草葱葱，山花盈盈，灰喜鹊低飞，山道蜿蜒，行人踽踽，一派祥和景象。很快扫去了英子心头的雾霾，看着如画一般的山野，她长长地叹了口气，说："野外真好，风景宜人，没有红尘里喧嚣繁杂，真是另一番天地啊！"

小满看到她心情转好，道："红尘里再有烦恼，也是芸芸众生安身之地，如果凡事看开了，便不会再为一些琐屑而自寻烦恼。人是群居动物，不像灰喜鹊那样的鸟儿，人是需要应付许多繁杂事的，不可能没有烦恼和需求，除了不食人间烟火的神仙，欲望和诉求还是有的，若一个个都能'通情达理'，都能'理解他人'，那不就成了'理想国'了，还需要啥'教诲'呀？你不是读过《老人与海》吗？只有能战胜自己的人，才有可能在自己奋力拼搏下得到快乐，包括容忍和耐得了寂寞，还得有非凡的勇气才行。一个是孤独，一个是耐力，一个是信念，三者缺一不可。在纷杂的社会上，有无数需要克服的困难，也有许多令人难以忍受的事情，但也不是都没有理由展示在面前，甚至有许多难以解决和抵制的事情，这就得需要你来抗衡，或屈服，或者战胜它。当然，这也得分个主次，不是说要一概而论。海明威说，一个人并不是生来要给打败的，你尽可以把他消灭掉，可就是打不败他。你看人家是咋说的？"

英子听小满这么喋喋不休的一顿高谈阔论，心里还是很佩服的，只是嘴上没有说而已。不过，她还是很佩服小满的记忆力，没想到他这个理科生竟然也有这个兴趣，有工夫看世界名著。

山谷里，路，蜿蜒曲折伸向谷外；草，很茂密，除了被挖石头的人挖开的地方，到处是齐腰深的草丛。他俩找到一处正有人在挖掘的石坑前，只见三喜正挥舞着锄头一下一下地刨土。

见到小满和英子的到来，他跳出来，笑着说："你俩咋想起来到沟里来了，也想亲自下手领教挖石头了？"

英子道："是呀，体验一下挖石头的乐趣嘛。"

"快算了吧，这可不好干，挖一天，说不定弄出来的还是没用的。"

他指着远处说："那几个家伙，快一个月了，也没挖出一块有用的，估计这里石头都让人挖完了。"

英子指着大山，说："不可能，这么大的山，咋就能挖完？我看你们都挖得很浅，深层估计才有更多好的。你看看这地方其实还在山上的半腰，连石头层还没见，怎么就肯定下边挖到底了？你就知道石层有多厚？"

小满被他两个谈话惹笑了，说："你都成了专家？看看你们挖过的地方，就是两三米左右，而且不一定是位置上，还得依靠大型工具呢，这得跟村上和有关部门协商，不是咱们做得了主的。"

三喜不以为然道："有啥说的，不就是山里挖石头，用得了那么复杂吗？"

华小满若有所思，半晌不语，他起身又去看那几位挖的咋样，他们也说出了和三喜差不多一样的话。

看着沮丧的村民们，再看看脚下的土地，再望望远处的山峦，他便有了一个新的想法。他指着远处，对英子说，咱去那边转转，看看那地方还有什么没发现的东西。说着，俩人便朝那里去了。华小满自认知道那里叫

"飞石山"，他也没去过，只是听村里人说那里人迹罕至，常有采药者光顾，据说有毒蛇，村里人几乎不去那里。他并没有多少顾忌，心想，采药人去得，我也去得。有了这样的想法，还顾忌什么。

一路上高高低低，磕磕绊绊，走得很艰难。不一会儿英子就气喘吁吁，汗都冒出来了。看着茂密的灌木丛，发现这里到处都是沙棘，郁郁葱葱爬满土坎。便说，这里咋这么多沙棘，以前还没发现。再看，还有不少的淫羊藿，长得非常茂盛，就想起了以往有很多采药的到这儿来，这才恍然大悟。

他说："这里同富平交接，山的那边就是富平，听说那里也有人采石，还是跟咱这里一样，我才想起，这种陈炉石应该还多得很，不只是一处两处有的，可以说，这大山底下到处都是，只是人们看不见而已。"

突然间，他似乎茅塞顿开，回头对英子说："我倒是觉得，这石头不一定很多，不一定哪个地方都符合那样的条件，凡事总有例外吧。"

小满道："其他地方一定也有，我看那灵璧石，就跟陈炉石几乎一样，也是有酸雨的痕迹。"

二人坐在一块石头上，一会儿工夫，英子便起来，她说："太阳照了，白花花，火辣辣的，不上了，咱回去吧。"

突然，小满指着脚下一块石头："看，这不是石头吗？"说着，他起身走过去细看，只见这石头的纹理和石质都跟村下那石头一般无异，再四下看去，又发现了不少，大部分似隐似现地半隐在浅土里。

这下英子乐了，说："还是你说得对，这不，事实就给了我刚才的看法当头一棒，看来，还是毛主席说得对，'没有调查研究，就没有发言权'，啥事要根据事实说话，不可妄断呀。"

小满一边往外翻着石头，一边说道："看来，你还是理论家，不过，以后凡事不可轻易下定论了，免得贻笑大方。"

英子道："我就那么一说，你就有这么一套理论，好在你占了上风，若是我说得对，你又会咋说？"

小满呵呵笑道："那我就说，英子有先见之明，其他人都是傻子，白痴，糟蹋粮食的。"

英子红了脸，说："那不是让我得罪人嘛，那可不行。"

小满道："哈哈哈，就那么一说，你还当真了。"

华小满让英子就地站着，他四处走了走，发现这个山梁上到处都是他概念里的"陈炉石"，禁不住心花怒放。

他兴致勃勃地对英子说："今天，咱俩不虚此行，像发现新大陆一般，我真的是激动不已，想对着群山大声呼喊。"

英子看他如此，却淡淡地说："小儿科，没见过大世面，刘姥姥进了大观园，少见多怪，疑是进了仙境。"

小满直接躺在草地上，竟然激动地颂起了郭沫若的诗《地球，我的母亲》：

> 地球，我的母亲！
> 天已黎明了，
> 你把你怀中的儿来摇醒，
> 我现在正在你背上匍行。
>
> 地球，我的母亲！

我背负着我在这乐园中逍遥。

你还在那海洋里面，

奏出些音乐来，

安慰我的灵魂。

……

英子知道，这是一首好长的诗，他竟然能一字不落地背诵下来，打心里佩服。这是首激情洋溢、豪情澎湃的诗，她在上学时就读过，许多年过去，依然记忆犹新。那时候的她和他，正韶华时节，都曾为此而激动过，澎湃过，昂扬过。如今他乍然诵读，不免勾起了对往事的回忆。她也跟着颂道：

地球，我的母亲！

那天上的太阳——

你镜中的影，

正在天空中大放光明，

今后我也要把我内在的光明

来照照四表纵横。

金灿灿的阳光，绿茵茵的灌木丛，苍茫起伏的渭北原野，激荡的心，人和大自然和谐融为了一体。仿佛有幽风悠然传来，带着远古的气息，纱幔一般笼罩了子午岭，笼罩了漆水市的东山，笼罩了这块土地上人们的心。

七月火星向西落，九月妇女缝寒衣。

十一月北风劲吹，十二月寒气把人袭。

没有好衣没粗衣，怎么度过这年底？

正月开始修锄犁，二月下地去耕地。

带着妻儿一同去，把饭送到南边地，

田官赶来吃酒食。

七月火星向西落，九月妇女缝寒衣。

春天阳光暖融融，黄鹂婉转把歌啼。

姑娘提着深竹筐，一路沿着小道去。

伸手采摘嫩桑叶，春来日子渐渐长。

人来人往采白蒿，姑娘心中好悲伤，

要随贵人嫁他乡。

七月火星向西落，八月要把芦苇割。

三月修剪桑树枝，取来斧头锋又利。

砍掉高高长枝条，攀着细枝摘嫩桑。

七月伯劳声声叫，八月开始把麻织。

染丝有黑又有黄，我的红色更鲜亮，

献给贵人做衣裳。

……

《诗经》里描绘的男耕女织以及大自然的和谐氛围，也和这苍莽的大自然融为一体，如诗如画。小满和英子这对情侣，此刻也拥在了一起，仿佛正是为此而增补的图案。泉中绿波缓缓轻流，林间鸟儿轻轻地细语，似在浅吟低唱着原野里的美景，像是顺便回归的小曲。

一只小蚂蚁在他肩膀上踱步，把他的肩膀当成了一个新领地；一只青蛇游过他们脚下，快速地滑落在了背阴处；一只粉蝶翩翩飞来，轻轻地在她头上降落，想要在她头上采撷花蜜……

《诗经》的乐曲何时飘起，又何时收敛，这个时间段显得尤为绵长。他满眼是赤橙黄绿青蓝紫的光环，萦绕着他的思维，陶冶着情操。她心头是清波收去的激荡，似无限延长的回荡，久久不息，绵延不止。山风微微，时空流转，一遍遍地减慢了节拍，一遍遍地重复着音节，沉浸着、陶醉着。这山，这槐林、这土塬、这人物，宛如一幅幅淡淡的水墨画，犹似一首首田园诗的旋律。

他再次审视这些石头，它不仅具备陈炉石所有特征，再就是这儿的石头大的尤其多，诸如，象形石、（高、浅）图纹石、文字石、镂空石、对石、化石、纹理石（刀砍纹、叶脉纹、核桃纹，等等）。

他高兴地说："这儿真是一块'陈炉石'的宝地啊！真的是踏破铁鞋无觅处，得来全不费工夫，不过咱也算是误打误撞吧。"

英子道："你不就是来寻找石头的吗？"

"啊啊啊，是的，是的，这就叫出师大捷了。"他得意洋洋地看着英子，"主要是有你跟着嘛，这叫吉人自有天相嘛。"

英子道："想不到，你也会'贫嘴'了。"

他呵呵地笑着，愈加得意了。他不忘给好友发几张图片，留言是："好消息，今日游山，偶得一佳地，看图便知，何时同分享快乐。"

发过以后，仍然兴致未了，又打电话过去，老王道："看到了，可喜可贺，又发现宝藏，明日见！"

归去路上，他像得到了金元宝，喜不自禁。一会儿把英子搀扶上，一会儿叮嘱"慢点，小心路滑"，显得无微不至。英子说："算了，算了，你这样，我还不适应了。"

她对小满说："今天的事，说明一个问题，那就是人们常说的那句话，机会是给有准备的人的，你刻意寻求，未必能得到，也不是说，随随便便就可以得到，这就是'契机'。"

小满听了，连连称道："没想到，你还是位理论家呢，我怎么就没想那么多，看来，你还是没白看那么多书。"

英子道："没想到，小满也会拍马屁啦。"

两口子说说笑笑地回到了高华村，已是傍晚时分。

回到家里，小满对今日见闻依旧兴致不减，而英子处理完家务，坐在桌前，整理一天的心情。自从她嫁给华小满以来，似乎就离不开石头了，可谓是，说也石头，看也石头，家里外边皆石头。似乎嫁给了开石头矿的，看石头山的，就连交往的人也是离不开石头，不只是叶公好龙，是龙缠住了叶公，里里外外，三句不离石头。她也是爱屋及乌，也染上了喜爱石头的嗜好。

正如《尚书大传·大战》云：爱人者，兼其屋上之乌。似乎谁都难以例外，"近朱者赤，近墨者黑"，大约古今都如此吧。当然，一个人和一个人对事物的认识不同，所反映的凡事以及结果也各有千秋。英子自幼对事物的认识，也不会与其他人一致，不过，从表面上看去，大概差不多。她此刻心血来潮，在纸上写了起来。只见她写道：

> 古人吟哦华原磬，今有黛玉炉山名。
>
> 陈炉石，陈炉石，千姿百态，华美玲珑。
>
> 酸雨洗礼，万千风情，地下深埋，多少幽梦。
>
> 春花秋月，云岭黄土，村姑歌唱，深深幽情。
>
> 天籁悠远，绝代颜荣。
>
> 石头唱歌，歌唱石头，绮丽风姿，半掩佳影。
>
> 磬乐雅曲，古今皆听。
>
> 犹有色泽，惟雅惟静。
>
> 幽幽兮淑丽，恬恬兮澈清。
>
> 沉于九泉兮不变，浮于高台兮自然。

云水飞扬，惠风和畅。

不轻不重，不媚不阿，是为固本，是为徜徉。

石，本为地之本色，无高低贵贱之分；

物乃凡尘之生，质有轻重之量。

穷其原本，为之自然。

非穷尽之物，也非奢侈之物耳。

本质者，磐玉也，因域陈炉，故粘其而命名。

质地细腻绵柔，尤其和田美玉，温文尔雅，宛若君子。

世人喜爱，趋之若鹜；

价值千金者不计其数，一时名冠灵璧太湖石上。

更有商贾，专业经营，随心所欲，价格抬升。

农家叹息曰，不知昔日之硕石，可叹今朝之赏品，

知之？戏之？

人道飞山有石，我乐山花娇妍；

犹爱原始风物，更喜奇石遍布；

彩蝶翩翩，灰雀萦萦，

试问荒野何时存峥嵘，老木风摇蛇蚬轻轻薄。

好石者，无所惧，只顾快乐，心悦轻娥。

有道石头唱歌，究竟听懂几何？

见得奇石又显现，方晓天涯存芳草。

大千世界，何有穷途？千里河岳，总有高峰。

　　写罢，读了两遍，让小满看，唤了他两声，未见回答，只见他已是鼾声均匀了。她也觉得困意袭来，便歇息不提。

第十三章　憧憬未来

昨晚，红红和新发拌了一夜嘴，今天一大早起来，眼泡肿胀着就往奇石馆来找英子。宝和刚才开了门，红红就来了，对宝和说，要"找你姐"。宝和不吭气，给她沏了茶水，让她等一会儿，她就走到门口张望，弄得宝和坐也不是，说话也不是。

原来，前两天英子给她支付了一万块钱，她拿去给她娘家兄弟，顺口说了这钱的来历，让她娘家兄弟羡慕不已，昨天便来要跟着他姐夫去挖石头，惹得新发满心不悦。他看着红红那副蛮不讲理的脸，再看看她娘家兄弟，想起平日里红红的行为，不由得心火中烧。

因而说："你咋见我干啥，就想干啥，那钱就是那么好挣的？再说了，你是外村的，来这里弄事，你觉得合适吗？"

红红没料到，他今日竟然敢当着娘家兄弟面"埋汰"自己，往后该怎么办啊？！越想越气愤，不禁怒火中烧，也正验证了"冲动是魔鬼"的那句话，便不由分说将手里的茶杯向高新发砸了过去。好在高新发躲闪得快，那茶杯直接砸在了墙角一块石头上。便听得"咣"的一声，只见那杯子瞬间粉碎，被砸到的"宝贝"也掉了一面。

搞石头的人都知道，石头但凡有了伤，价格就无从谈起，这令高新发心疼不已，顿时，要杀红红的心都有。

他忍不住地指着红红鼻子怒骂道："你个败家婆娘，不想活了？！"说着伸手就要打红红耳光，红红见状，也不是吃素的，冲到男人面前，抬着脸，怒吼："打，你打，还反了你了！"

这时候，他的娘家兄弟也上前，冲着高新发道："你咋能抬手就打人！我看就是你的问题。"

这话无疑是火上浇油，令新发的心火忽地更旺了，他怒视着他"小舅子"，怒吼道："你想咋，还想打我不成？！"

那娘家兄弟看他姐夫怒了，便收敛了许多，给自己找了台阶，一声不响地去收拾地上的玻璃碴。红红坐在那里抽泣起来，而新发似乎火气不减，依旧是狠声狠气，怒目债张：

"啥都要你说了算，你以为你是谁？你是老天爷？你就是一个地地道道的嘛米子，蛮不讲理，恣意妄为！"

红红听着，又不依不饶起来。两个你一句，我一言，越说越热闹，像沸腾的一锅水，吵得四邻不安。

他说："不信整不住你个嘛米子！"

她说："拗不过你，我就不相信你还是'死娃子上树'，今天，非有个子丑寅卯不可！"

辰枪舌剑，骂骂哭哭，指指点点，说说喊喊，惹得邻家不安，又无法出面调停，都知道"外人插嘴"无异于拱火。

昨天，俩人恼火了一天，红红去找英子，英子和小满都不在，就这么，俩人别扭到了现在。

英子和小满，昨天上山，劳累了一天，今早醒来，已是日上三竿时分。

小满看了看表，立即起身，说："坏了，都快十点了，估计王哥早就来了，起起起。"

俩人以最快的速度穿戴洗漱，就往奇石馆走去。离老远就看见王清云的奔驰泊在石馆门前。

再看，只见王清云正站在门外，朝他俩遥望着，英子不安地对小满道："咋就说过了，让王哥等着，不要让人笑了。"

来到石馆前，小满含笑着跟王清云的司机点头，上前拉住王清云的手，说："哎，睡过了，昨天跑得太远了。"

英子也报以微笑，几人便进了奇石馆里。

红红见了英子和小满，还有两位客人，满腹的话一时不知该怎么说，心里惴惴不安，不说又不甘心，犹豫不定，手拿着一本杂志，也不知道放下。

英子和她打招呼，她也不知道先说什么，后说什么，语无伦次地呃呃着。

小满说："嫂子，你咋闲了，咋眼睛红肿，咋回事？我哥他欺负你了？"

红红看看来人，道："没啥，没啥，我回呀。"

说着起身要走，小满说："没事，你坐，这是我王哥，你见过的。"

王清云也礼貌地说道："嫂子，你好，咱又见面了。"

红红一边往外迈步，一边道："你们忙正事吧，你们忙，我走。"说着，她便走了。

宝和对他姐说："她和我大哥吵嘴了，一大早就来了，也不说话，看样子是大哥收拾她了。"

"你不要胡说，"英子说她弟弟，"你小娃子家，不要问大人的事。"

宝和撇撇嘴，嘀咕："连我自己都管不住，哪里还管他人的事。"

接着，他对小满说："昨天，有几个城里来的，说要买咱几件货，你不在，他说改日再来。"

"我给他们报了价，那人非要见你再说，"他从桌子上拿来一张便笺，递给小满，说，"他要拿十件，就是前脚放的那些，要压价将近一半，我想就不行，可他说他是你的朋友，我也不好再说啥了。"

小满说："是不是一位个头不高，开一辆跟王哥一样的车？"

宝和道："是的，他还要让我给他送他那里去。牛得很，我才不管他是谁。"

王清云笑了，对宝和说道："不能这样，来的都是客，咱做生意，靠的就是这些客人，没听人说'顾客就是上帝'？往后一定要记住，凡是能来咱家的，都不要当外人，他们才是咱的衣食父母哩。"

小满道："听好了，王哥说得对。"

宝和腼腆地一笑，说："知道了。"

小满和王清云寒暄了几句，便直奔主题。说起了他昨天的见闻，兴奋地说："那可是一个巨大的'矿藏'，路不好走，也没能带下来几块让你先睹为快，一会儿吃了饭，咱就去，不能开车，得步行。"

也没多说，他们几人就去准备了。

闲话少说，他们今日熟路，没用多久便来到那个地方。当王清云看到野地里一块石头，拿起来查看，便立马惊呆了。只见那块石头有两尺长，10厘米厚，30厘米宽，满面水珠凸起，且奇异非常，不禁满心欢喜。顿时乐得向小满展示，道："太美了，简直就是艺术品，自然天成，美轮美奂，我的天! 这可是天赐，好，好! 好! "

那司机也发现了一块，拿给王清云看，他更是心里乐开了花，喜不自禁。也顾不上喝水，直接上到最高处，任由山风吹拂，招呼小满和英子来看。他发现这山的峻，不住地赞美道："好地方! 很原始! 太美了。"

他打开相机，对着山野不住地拍照，竟然说出了诗一般的溢美之词。

他说："步入洪荒般的土地，领略奇异的美石，将那人世间的尘嚣统统远离，聆听飘然天籁; 看那山岭的风姿，看那起伏的娇媚，看那山林的静谧，我的心一遍遍被陶醉。"

英子听了，拍手叫好，就连小满也没想到他的这位大哥有这么雅致文采，道："你怎么不当作家，干啥个体户，辱没了你的满腹经纶，一肚子墨水。"

他的话，惹得王清云哈哈大笑道："我只不过是故意'卖弄'，哪里敢有作家的梦，让人贻笑大方了，哈哈哈! "

英子无比佩服地对王清云道："您哪里是'卖弄'，我就是拿着书也写不出来的，您才是真有才啊! "

王清云双手合抱道："不敢，不敢，受不起，受不起，我看过你写的文字，倒是文采四溢，让人耳目一新啊。"

小满乐了，说："呵呵，你俩真的是卖酸菜的来了，我的牙齿都倒了，哈哈哈。"

英子用手去拍打他，他却闪躲跑了，英子叫着王清云道："王哥，打他。"

他们坐在山头，小满跟王清云说起了他的打算，英子在一边静静地听着。王清云说："以前，我到处搜集古铜镜，不瞒你说，当时是着了魔一般，几乎散尽了所有积蓄，搜集了八千多尊，其中日本国的就有一千三百尊，新疆的有一千多，再就是从春秋战国以至于历朝历代的镜子，建了一个三千平方米的展厅，招揽的人是不少，到底也保不住花销，现在可以说是惨淡经营，说入不敷出也不为过，真是'理想很丰满，现实很骨感'，若不是有老本行撑着，估计早干不下去了。爱好石头，还是了解咱陈炉石才开始的，当然，也是认识你以后才步入正道。"

小满到如今才知道他的经历，说："我就说你很有文化，尤其是对古文化的理解和造诣，远非常人所比，原来如此。你对文化的理解要比我高得多了，我才是'猪鼻子插葱，装象哩'，还得向您请教，真的。"

王清云有话要说，迟疑了几次，还是小满说了出来，他郑重地说："不瞒你说，我也想在省城办个奇石馆，把咱的陈炉石向更多的人展示，可常言道，同行是冤家，我迟疑了很长时间了，怕您多心嘛。"

"哈哈哈哈！"小满乐了，他说："这是好事，也是扩大宣传陈炉石的一个大好机会，有何顾忌的？我们这儿求之不得。再说了，咱这个地方偏僻，往来的人比省城少得多了，经济也不如那里，有了您不正是'优势互补'吗，咋就不好意思了，您呀，真是杞人忧天呐。"

英子也听出了王清云的意思，她依旧是静静地在一旁听着，并不说一句话。见俩人说的投机，王清云的司机转悠着看石头，英子也起身去看那几块巨大的石头。她像发现了什么，若有所思，还不时地用步子量着石头的大小宽窄，这个动作被王清云看到，他对小满说："英子是很有心计的，具有相当的商业头脑，也很有文化，尤其是她心地善良。"

小满点头称是，心里美滋滋的。

他说："我们是同学，她对文学很钻研，上初中时，她就说要当一名作家，尤其羡慕那些来这儿采风的作家们，现在，她还经常读一些世界名著。当时，我上大学那会儿，还常常打电话，让给她买书，每次我回来，都背十几本。"

王清云感慨："她的事情有所耳闻，很不容易，你要善待人家。"

接下来，俩人又继续他们"宏图大业"的梦想，小满说："今后，咱也可以到大地方去发展，还愁打不下一片天地来，要不了三五年，你就是'成功人士'了，到那个时候，你再给咱生个一男半女，想想，那是什么日子！"

英子听他说美梦，禁不住笑了，悄声对他说："我估计八成是有了，两个月没来了。"

小满正在憧憬他的彩色浪漫，没注意英子说的话，以为也是跟他一样的甜蜜"呓语"，突然却又反应过来："啥，你说啥？有了，有啥了？"

他把脸转向英子，迟疑地又问了一句："你说啥？刚才，你说啥？我不是听错了吧？！"

英子笑着用食指在他额头上点了一下，道："你个瓜子！"

这下，他反应过来了，赶紧将面前一块石头用衣袖擦了擦，殷勤地说：

"你坐下，坐下！"他又朝半坡上捡石头的王清云和他的司机方向看了看，关切地说，"往后，你不要跟着跑了。"

这时，王清云在下边和他打着手势，让他过去，似乎又发现了什么。他对英子报以深情的一笑，便起身去了。

王清云笑着对小满说："今天不虚此行，见了这些宝贝疙瘩，确实像刘姥姥进了大观园——蒙圈了，开了眼界，足以见得自己是井底之蛙了。这方石头，虽好没有瘦、透、漏、皱、丑的特点，确实不乏为陈炉石的精品。看这大的形态，惟妙惟肖的造型，自然天成的结构，其他那些奇石所没有的优点，这里恰恰都具备了，很难得。所以，我说这是一块可遇不可求的精品。"

他正审视一块石头，只见这石头足有二百斤重，整体酷似一尊坐佛，神态恬静自然，很有禅意。通体布满细珠，非常精致。

小满看了许久，又伸手将它扶了起来，竖着看，更感觉有点像神，而且越看越觉得神奇，禁不住连连称赞"真是奇石也，不可多得。"

他说："这么重，咋搬到山下？得几个人抬了，真是，路不好，就得费老大劲儿了。"

王清云道："我已经让司机回去拿绳子和撬杠了，说什么也得弄出去，不可放弃'缘'了，真是不虚此行。"

小满笑道："没料到，今儿你在这儿发现了奇石精髓所在，可谓悟性不浅啊。"

王清云道："我想起了那句诗言，'不识庐山真面目，只缘身在此山中'，见了这山，这原始的风貌，方可理解这物质'美'之所在。"

两人坐了下来，他又提及要在省城建石馆的事情，说："有这个契机，不办个奇石馆，确实可惜，这也是天赐良机，大好机会。有了这个契机，若不抓住，无异于'暴殄天物'，人家会说咱没有头脑的。"

小满见他有了只欠东风的意思，也很受鼓舞。他起身去树丛里找一根木棒，转了一圈，也没见一根合适的，只得又坐了下来。

此刻，司机小孟带着绳子和一根棍回来了，王清云和小满试了试，觉得没问题，便会意地笑了。

小孟已经热得把上衣脱掉，穿着短袖白衬衣，说："太热了，今天估计有三十摄氏度。"

他给大伙每人发了一瓶饮料，坐下，对着瓶子，咕咚咕咚地猛饮一通。完了，他才对英子说："刚才见你弟弟了，他让我给你带话，说那十几块石头让人拉走了，就按你们的意思给。"

小满在一边听了，很是开心，他能给楚惠安把底座钱结清了，满心高兴。他见小孟一身腱子肉，伸手捏了一把，打趣道："小伙崚嶒得很嘛！"

小孟害羞似的躲到一边，对王清云说："咱啥时候走，我一路查看，觉得抬上东西，路很不好走哩。"

小满建议："我看今天就到这儿，回。"

于是，小孟和小满就去把石头抬起，几个人下山去了。

路远无轻担，二百来斤的石头，很快就显出分量了，几人轮换着走了不到一半路，便实在扛不住了，只得长歇一阵。

英子颇有感慨地说："真是不容易，不要小瞧那些人，能把石头从山里搬到城里，若非喜好，哪有那个精神，别说钱的事，单就这个精神也是值得夸赞的。”

小满道：“是的，这就是爱好的力量，无须谁监督，只为一个喜好就足以看出'心劲儿'对人的重要性，力量的源泉往往处置于'乐意不乐意'，与其他没有太大关系。”

用了大约半天时间，他们才将石头抬到了路上，这时，天色已经很晚了。

小满对英子说：“一身汗水，你打个电话，让宝和多烧点水。王哥一会儿还得走，我也累得够呛。”

王清云说：“不用麻烦了，赶回省城再说吧，明天还有其他事，否则，就不用急着回了。”

村里很安静，远远看去，是几盏路灯柔和的光芒。

英子站在街口，望着远去的奔驰，自言自语：“是固有的目的，还是异想天开，不过都是说不清、道不明，这看似不经意的偶然，就演化成一段故事，一个邂逅，一场梦。”

第十四章　好事多磨

这天，华小满应方雨花书记邀请去村委会，他特意带了两块刻意挑选的石头。当他把车停稳后，在村委会院里就看到方雨花正向他走来。看到他从车里取出的石头，方雨花便笑了，她说："你还真是守信用，说把石头拿来就拿来了，我还真是得感谢你，这下，我去和投资方说事，也不尴尬了。"

"投资方？"这让小满丈二和尚，摸不着头脑，问道："投资方是干什么的？你说的云里雾里的，我都听不明白。"

原来，市上为进一步落实完善新农村建设，为了体现先前没有顾上的"完善工程"，譬如古槐树的保护，捞池的恢复，还有部分村民房屋的进一步修缮等，完善先前的改造项目。她要和有关人员联系沟通，也是没法开口，就想出这个办法。跟小满说这个事，她也是思考再三，想不到他二话没说就拿来了，她还有点不好意思。

小满听她说了，笑着说："你也太客气了，这是啥，不就是山里的石头吗，有什么舍得舍不得，给村上办事，我无任何条件支持，什么钱不钱的，就是钱，也是为集体服务的，没什么话可说的。"他的慷慨大度，很让书记感动。而他却说："给咱村办事，咱再不支持，还指望谁？"他又说，听你这么说，这些"工程"基本是些小活，让咱的村民都可以干了，也不用包给工程队，不方便施工，不方便管理，多少还能给咱村里人增加点收入，说穿了，就是些土木活。没想到，方书记也是这个意思，她说："咱想到一块了，施工方也说，这些活，他们也没干过，不一定胜过村里人干的，所以，我让你来，就是这个意思。你在外边干过，又有一定的经验，咱一同去跟他们谈，就省了很多事。"

捞池就在英子家不远处，跟前还有两株硕大的古槐，其中一株据说有上千年了，另一株也差不多，有关部门的鉴定标志都在树身上。故而，这儿也是村里景致最美的地方。华小满在上中学时，就在一篇作文里写过，他把这里描述得很有趣味，说："我们村里有两株树，一株是一千年的老槐树，另一株是一千多年的老槐树。"为此，其他同学嘲笑他说："小满，你这是明目张胆地模仿，抄袭，看着就很没意思。"老师却说写得好，还当作范文在班上让英子念了一遍。据地方志载，这两株为本地区、年代久远的古树，尤其是那株树龄超一千年的，是活化石一般的存在，自然引人注目。有不少城里人专门来观赏，也有好事者在树下的大石头上刻了字，是五代时无名氏写的词《菩萨蛮·霏霏点点回塘雨》，字体为柳体，不知何时何人勒石，目的为保护树。碑立槐荫，字迹是：

> 霏霏点点回塘雨，
> 双双只只鸳鸯语。
> 灼灼野花香，
> 依依金柳黄。
>
> 盈盈江上女，
> 两两溪边舞。
> 皎皎绮罗光，

青青云粉状。

有了华小满的参与，就有了代表村上的领头雁，施工也就容易得多了，可以说村里承担了大部分的劳力和工作，政府也就省事多了。他和英子来到老槐树下，仰望嘉木，老干粗大，虬枝盘曲，簇簇柔条，绿叶如盖，微风拂动，宛若老人，颤颤巍巍，厚德韶华，令人敬畏滋生。小满和英子拉开尺子丈量，在图纸上标注着，计划护栏的样式，要取其他地方古木围栏优点，设计一个更为合适的出来。他对英子说："这树年龄可真大，作为一个普通人，那几十年在它面前不值一提。"

英子不同意他的说法，辩驳道："人是人，树是树，能比吗？人是万物之灵，树就是树，从来就是木头，没有可比性的。"

小满看看她，欲说还休，到底还是没有说。他不是不屑，而是觉得说了也是毫无意义的口舌，便岔开话，说起了所谓有用的话题。

他说："咱再去看看池塘，那里估计得好好清理一下，就村里老人说，这池塘年代也久远了，到底啥时开始有的，就没人知道，我估计至少也有一百年以上的时间了。据说，先前水满了的时候，很深，说是以前平整土地，将不少从地里捡出的石头填进去不少。"

"他们把石头填捞池干啥，不怕填满了？"英子觉得不可思议，"奇怪，究竟为了什么？"

小满笑了，他从地上捡起一块石子投到水里，激起一个小小的水花。他说："看到了吧，水还是不少的。"

英子不懂这些，她说："平时在这儿洗衣裳，也见过小孩子们在戏水，从没想过深浅，倒是觉得这儿的水，总不见泛黄、泛黑、发臭，也没见干涸过，很是奇怪。我见过其他地方的捞池，稍微时间长了不下雨，水就干涸了，也没见咱这儿的池塘干过，何况以往经常有人在这儿取水浇菜，是不是很奇怪？"

小满倒没有注意过，听她如此一说，也觉得似乎是这样的，他也没见过池塘干涸现象发生过。他若有所思地绕着池塘走了一圈，只见水面上有水黾浮动，还有彩色的蜻蜓和黑色蟋，或贴着水面曼妙地飞舞，或游弋滑过，他清楚地记得，这些可爱的小精灵们，都是他少年时的乐趣。他也在这池塘里"游过泳"，自然是一丝不挂的儿童那样，在水里玩够了，就去树下凉快，他妈常骂他"晒得黑娃"一样，他也不亦乐乎，还带着同龄孩子来戏耍。几只水鸟在附近盘旋，他知道它们是要来水边了，便手搭凉棚，看着水禽们，想着他的少年故事。而英子却蹲在水边，看着微微浮动的水纹，想着她曾经在这儿洗衣的往事，那里大多是不尽的愁绪，抒情散文一般悠长。

她问小满道："怎样搞这个工程，你想过没有？施工队里只出设备和提供材料，搞咱村这些人，能不能拿下这些活？"小满不屑一顾的口气，道："有啥拿不下的，不就是一般的建筑活，不用施工队，也能干。我主要是想让咱们的村民挣点钱而已，没有什么干不了的，不必操心，没有金刚钻，不揽瓷器活。没有把握的事，我是不会染指的，你老汉不傻。"英子欣慰地笑了。

他对英子说："往大方面说，建设美好家园，咱自己干，才是正理，自己把自己的事当事，大伙的积极性也好调动，不会有什么问题。往小的说，等于给自己家干活，谁会不乐意，会有啥弹嫌的，至于经费紧张，也好说，我就能不费吹灰之力地解决这个问题。"

英子疑惑了，说："你？你有啥办法？不会自家掏腰包，自己垫付？"

小满似乎早就料到这儿了，他云淡风轻地说道："没有事的，我也不会自掏腰包,那样方书记和村里不同意,你也不同意,村民也不会同意的。你忘了,群众的积极性和群众的动力是无限的,不要任务什么都得靠钱才能干成,群众的积极性是最大的动力,咱们不可小觑的。再说了,又不是没有一点钱,只是少了一点而已,完全可以依靠群众对家乡的'爱'而发挥出不可估量的动力。"

就在这时,宝和来了,他说省城的王清云到了,在石馆里等。小满一听,就高兴地说:"哈,想啥来啥,老伙计来了,这下一河滩的水就开了。"说着,便同宝和走了,还叮嘱英子,"你去给咱准备饭,我也饿了。"

原来,华小满一早电话里和王清云交流了村里要让他出面搞一点"工程"的事。他说,不为挣钱,只为给家乡做点贡献,要老伙计出点力。王清云二话没说,一口答应,明说不要任何回报。他对他的司机小张说:"华小满是可交之人,他不为财,只为道,这在如今是不多见的,我和他对脾气。俗话说得好,知音难遇,如今能找一个心底无私的人,太不容易了。我把他当兄弟,不是一时脑热,是真心的。"

小张羡慕不已,爱屋及乌,他也把小满当作了知己一般看待。听说兄弟要干一点事,他也毫不吝啬,直接跑来问询有什么需要帮助的。俩人见面,王清云就开门见山地问了有关情况,说:"需要什么,只管说,不许客气,"并强调道,"一切免费,大力支持!"小满知道他说的是真心话,不是豪言壮语,更不是虚情假意,感动不已,拉住他的手,久久不放开。

王清云说得好:"咱们因石头而相识,应该为这奇石的发现做一点贡献,钱财乃身外之物,不足挂齿,要的是兄弟的一番情谊,是千金难买的。挣钱为了什么,还不就是为了有个好心情,有个好身体,更主要的是有个能舒心的环境吗?在我看来,情谊和情义是人在一块的前提,为谁,为什么,说穿了,就是为了开开心心,首先为了有个舒心的环境,大家也好,小家也好，都是一个锅里搅勺把的，你的地方好了，我来，自然也有一个好的环境不是？"他说话很有水平，也很有气度，不愧是从部队回来的。他还解释说："不说大话的前提，就是咱情趣相投，趣味相投，爱好相近，当然，我也不会'打肿脸充胖子'，能做到尽力而为就是'幸福'，就有满满的幸福感了。"

方雨花来找华小满，正走到奇石馆门前，就听到王清云的慷慨陈词，很是吃惊。正好小满看见了她，忙打招呼，方书记就走了进去。王清云认得她，笑着说道："方书记也是关心小满为村里做事啊。"方雨花乐了，说道："刚才听到你的话了，你都为我们鼓劲，我们哪敢懈怠啊，我得先谢谢您啦。"

这时，英子也回来了，方雨花笑着让她坐下，她说："大家来这里，我得做好服务才是，这不，就是来请王哥回家吃饭的。刚好，书记也来了，一同去。"

小满也说要方书记一块去，她说："不了，我过来就是问问小满，什么时间能开工？区上刚又打电话催了。"小满说："还真是急，早干吗去了？不出意外的话，明天就开始动。"又说了几句，方雨花就告辞了，她说什么也不去吃饭。

有了王清云的大力支持，小满心劲更足，真的就在第二天开工了。一共组织了三个组，池塘一个组（包括老槐树的围栏建造），两个组是房屋修建，他只需按照事先要求的给各施工组的组长布置任务，他们便开始工作，并不拖泥带水。修建队也来了，一时间机器轰鸣，几处热闹，而小满却带着人去抽那池塘里的水。整整抽了一天，才抽干了水，只见那水底裸露出来的都是淤泥。第二天一大早，又去的时候，却发现池里又有不少水，还可以看到水是"咕咕"不断地往外冒，不大，却看是在处理。有人说：

"这是山泉，泉水咋能抽干？"这时，小满才恍然大悟："泉，就说这水咋都不会干涸。"他仔细把池底看了一遍，就觉得石头很多，要想收拾，得先将那些石头弄出来。于是，他便安排人先向外搬石头。没想到，很快就有人说，这石头都是"奇石"！他下去看了，果然他们说得不错，于是，便特意安排几个人把石头朝一块堆积，并不许乱扔，不可磕碰。他不允许其他人围观，还去给书记方雨花汇报了这事。书记乐不可支，连连说，就是奇，哪里都有奇石！

他见红红也来看热闹，见到池塘里发现很多石头，她就回家去把高新发喊来。高新发也是不长眼，看见了石头就要往回拿，扛起一块便要往回走。

被他妹妹叫住了，英子说："不能动，谁都不能动，是小满交代过的，说这些都是村里的财产，谁都不许动。"

高新发心里不服，说："这是塘里出来的，咋就是村里的了？！真是莫名其妙，我就要拿，看谁来挡？谁敢挡！"

他也是一时利令智昏，竟然说出他自己都不敢相信的话。红红也在一边起哄着："就是，这是野地里出来的，咋就是村上的了？！说话也不怕被风闪了舌头。"

小满半晌没吱声，他听嫂子说话噎人，便发声道："谁说这不是村上的？你出钱修捞池？你出钱建房屋，你出钱修路？不要不讲理，哪儿拿的放哪儿去，这儿一切都由村里说了算，谁也不能动。"

红红突然发疯似的，大声呼喊道："华小满，不要以为有人给你撑腰，有啥了不起，这捞池不是你家的，是每个村民的，我看谁敢不让我们搬石头！"

小满气得脸色铁青，他对"嫂子"没办法说。只见英子上前，对红红说道："嫂子，这真是村上的，别说你了，其他任何人也不能随便往家拿。"

"说得好！"只听华小满在一旁说道："这涝池，还有咱村里现在的基建工程，都是国家出钱修建和修缮的，所有的财产也都是集体的、国家的，我们只是经手人、使用人而已，不能据为己有。国家财产，任何人不能侵犯，不信可以试试。即便就是处理，也得集体裁决。"

红红气势下去了一半，而高新发早就觉得无理，要拉老婆回去，可她偏就不回，还人来疯似的杠上劲了。

她说："小满，英子，你俩想咋哩？！一根麦秸棍，当成拐棍了，你以为你是谁？有啥了不起的，不就是一个包工头，还不是为了挣人家的钱，六亲不认，啥东西！"

高新发见她越说越离谱，气不打一处来，上去扇了她一耳光，呵斥道："你想咋，人家给你说了，这是集体说了算，你咋就胡搅蛮缠起来，越说越不像话。"

他这下算是捅了马蜂窝，本来就盛气凌人的嘛米儿，哪里受过他的气？更别说"当众羞辱"，打她一耳光？这是不想活了，还是"造反"？她恼羞成怒：这不是造反了，把红红脸当屁股了吗？她把"没能耐的男人"定睛看了一会儿，突然，像咆哮的"母老虎"一般，"嗷"地向高新发扑去。高新发说了这话，此时已经是后悔不迭，自然是只有躲避、求饶的份儿，哪还有一点半分钟之前的"男子汉"气势。红红这会儿可谓是抓、挠、打、骂、咬一起上，让高新发为自己刚才的"放肆"付出"应有的代价"。若不是有人喊出一句"方书记，这两口子大锤哩！"红红是不会住手的。也不得不佩服这两人的"合作表演能力"，突如其来的暴风骤雨，瞬间便停住了，演员见了也得自愧不如。

他们并没有注意到刚才的一幕,而女书记只是看着高新发遥遥地一笑,算是打招呼。高新发也把他阴沉的脸努力摆出一副苦笑的状态,好在没人注意到。

华小满和英子正不知咋样收场,忽然见红红和高新发那锅沸腾的水突然静止了,来不及反应,就见村里领导一行走来了。他上前示意,方书记看着几个人在涝池干涸的底里向上捡石头,就好奇地问道:"这里也有石头?这么多?真是不可思议。"

小满点头道:"我打听了,是很早以前,怕有四五十年了,因平整土地而在地里搜集的石头,可能是为了净水,才撂到水里。老年人也记不住了,这还是老牛倌告诉我的。"他说,"为了彻底清理水底,让把这些石头都先拣出来,待清理了底子后再说。"

书记点头表示赞誉,其他几人也都感到满意。小满把书记叫到一边,对她说道:"我把咱这儿这次要做的活,看了,粗略地算了一下,也用不了甚多材料,初步预算,需要钢材 25 吨,青砖十万块,异型钢材五吨,再就是一些辅助材料。其中异型材料主要用于给古树做护栏,还有涝池和村北沟边的护栏。这些,我那位朋友王清云说,他可以支援我们,不用咱再花钱了。"

书记听了,想了想,说道:"这个,咱要把账目做好,也不能白要人家的,咋解决,咱们开会协商;其他,就按你计划的来。"再交代了些话,书记和几个村里领导就走了。

太阳火辣辣的,塬上空地里更是热气腾腾,小满让英子从家里提来菊花茶,大伙有说有笑。老牛倌高建树来了,他先是去看了两棵老槐树,又过来问询小满,得知也要给树做大围栏,他高兴得频频点头。看着没有水的涝池,他说:"这些石头,还是'大跃进'时为了平整土地,从地里拣出来扔到水里的，说是为了净水，咱也不懂。那会儿人们，干劲十足，干部说叫做啥就做啥，从不讲价钱。屈指算来，也留有十多年了，那时我才二十啷当岁，把苦吃咂啦，哪像你们现在，至少肚子不饿。"

小满则忙着联系水泥厂、砖场、标准件厂等有关单位，最后，接到了王清云的电话，说材料已经由他的司机开车送来了，估计下午就到。他没料到，开工的头一天竟然这么顺利，高兴地哼起了《壮志在我胸》：

> 拍拍身上的灰尘
>
> 振作疲惫的精神
>
> 远方也许尽是坎坷路
>
> 也许要孤孤单单走一程
>
> 早就习惯一个人
>
> 少人关心少人问
>
> 就算无人为我付青春
>
> ……

是夜，红红还在怄气，她想不通"为什么明明是村里的涝池，那里弄出的石头就成了集体的，为什么村里的东西就得要那几个村干部说了算？"她见老汉不但不生气，反而打起了呼噜，跟没事人一样。她不甘心，决计要去找小满说理，不信猫不吃浆子。她出门把门狠劲关上，也不见那没能耐的男人吱个声。她想了想，又推门进去，找着手电筒，又把电灯关闭了，这才放心出门。门外黑黢黢，只有大路上路灯亮着，远远望去，四下里无一人。她喷火的心此刻愈加孤独，心里骂着男人没能耐，被人欺负也不敢吱声，真是窝囊废！她摸索着来到有亮光的地方，看到老牛倌独自一人在那里站着，便上前搭话，为的是壮胆。

老牛倌看见她，问道："新发家的，这么晚了，你去哪儿？"

她还没有开口，就泪眼婆娑了。她说："我，我，一言难尽，一言难尽啊！"接着便哽咽着向老牛倌哭诉起来。她说："人善被人欺，马善被人骑，我家老汉老实，谁都想欺负，没想到，一万个没想到，就连他的妹子妹夫也欺负他哩，这可咋让人活啊！"

老牛倌对红红的话，几乎不太相信，尤其他不喜欢别人说小满和英子，觉得那俩娃不会做像她说的那些事，更不会玩心眼。他看着红红那架势，像是很委屈似的，就说道："新发媳妇，你说旁人，我不知道；若说英子跟小满俩，我就有些不信。或许，石头就是有用的，你拿一块，他拿一块，那些石头也搁不住拿的。再说，你们是亲戚，照理他俩管你喊嫂子哩，一般情况，我想，他俩做事不会那么绝情的，不就一块石头吗。"

红红似乎并不理会老牛倌的说法，反而一味地咬住他俩不讲人情，不顾亲戚，没有良心等，总觉得自己是"受害者"，没有良心的，黑了心。

老牛倌说："这么晚了，你去找他俩。他们也为村里改造工程忙了一天，你去，一吵一闹，多不好？让外人知道了，好不弹嫌你，说你不懂礼数，没规矩？我看你还是回去，一家人，有啥话不能大白天说？非得三更半夜地叨扰，多不好。再说了，你一家人，低头不见抬头见，些许小事，弄得慌慌张张，吵吵闹闹，多不好。知道的，说你不讲理。不知道的，胡说八道也未可知，是非就是这样来的。听老叔的话，回去，不要吵吵闹闹了。"

一老一少正说着，只见路上走来了小满，他在村里和几位干部说事刚完。远远地，他就看到路灯下有人说话，走近方看到是他嫂子和老牛倌，便笑着打招呼道："叔，嫂子，你俩咋在这儿说话，走，去家里。"

老牛倌笑了，他说道："正说你，你就来了。你咋惹你嫂子生气了？让她大半夜地去寻你论理？"

小满便想起了中午的事，笑着说道："哦，那事呀。"他抬头看着红红，又看看老牛倌，十分抱歉地说道，"嫂子，中午是我不对，我向你道歉！"

他笑着给老牛倌简单地说了中午的事，又再一次地对红红说道："我不该心急，不解释，就乱发脾气，是我不对。"

红红见他如此，还是觉得自己受了"大委屈"，但也不好再说什么，只是"哼"了一声，明显心里不忿。小满又解释了那石头的用途，希望红红谅解，可她还是说："我就不信，到处都是石头，偏偏就看上那水坑里的了？骗鬼去。"

渭北高原的夜晚很静，静得让人忘记了这是秦腔高亢的故里，在高低不平的群山里，夜色像绵羊一般，温顺、平和、可爱。

第十五章　奇石姻缘

半夜，华小满路上遇到了愤愤不平的嫂子红红，给她又是安抚，又是道歉，好歹总算把她的"怒气"压下，可他的心怎么也平静不下来。回到家里，见妻子已经熟睡，便坐在沙发上想心事。英子一觉醒来，见灯亮着，再看，华小满躺在沙发上鼾声正浓。她下床去给他盖了毛毯，便熄灯去了。她却睡不着了，索性开了床头的小灯，拿起她枕边一本《洛克菲勒写给儿子的38封信》，读了起来。对于这本号称"心灵鸡汤"的书籍，她也看不出个究竟来，倒像一剂催眠药，没看两页，她也梦见了周公。

一连几天下来，华小满消瘦不少，几处房屋改造进行得很顺利，就是那"涝池"，土工活简直是"吃出看不出"，整整翻腾了几天，还有清理不完的废弃物，一辆拖拉机不停地拉着，好像老是不见底。直到第四天，才算见到了干净土，没了刺鼻的气味。有挖土的在泥里捡出几枚古币，见那古币竟然是天启通宝，他神秘兮兮地拿给小满看，好像见到了什么了不起的宝贝似的。小满看了，又在手机里搜了一下，告诉他，说道："这是明代的钱币，叫'天启通宝'。"他读道："明朝朱元璋时与嘉靖元年开始铸造的铜钱，是明代流通量最多的钱币之一。"那人又问："值钱不？"小满告诉他："流通币，不很值钱，你以为捡到了宝贝？想得美，就那么想发财？我给你说，这要是有级别高的古董文物，你也拿不走，得上交，若私藏了，那就是犯法。"

几个干活的人都围着看，叽叽喳喳，被小满一声呵斥地都赶紧去干活，他把那两个铜钱拿在手里，去看那槐树栏杆做得咋样了。

槐树下边，三个人正在将焊接好的围栏进行安装，他过去要过卷尺，丈量起来，念着直径距离树木四米八，高两米二，离杆间距……他很是满意，又嘱咐这埋入土里的深度以及表面的防腐处理等，这才放心地朝村委会走去。刚走上大路，就看到老朋友王清云的车正停在他奇石馆门前，再看，还有三辆豪车，便纳闷了，暗想，这是哪儿来的贵客，好阔绰！他便高兴地进了奇石馆。王清云来，主要是看材料够不够，再就是他有几个朋友从南方来，委托他给买些陈炉石，说他内行且面子大，自然会照价付款的。他给写了"条子"也不行，非让他一同前往。

小满得知这事，乐不可支，立即表态，指着屋里陈列的石头说："各位是我王哥的朋友，当然也是我华小满的朋友，'有朋自远方来，不亦乐乎'，何况我王哥也亲自来了。没问题，没做标记的随便挑，今天全部优惠，不赚大家一分钱，权当送。"

他的一番话，让几位"远客"不胜感激。

华小满一进门，只见王清云一身粗布衣衫，还有三位看似气度不凡的客人，他们都起身向小满报以友好的致意。英子笑着说道："王哥和几位先生刚来，刚说让宝和去工地叫你去，你就回来了，跟知道有贵客来了似的。"

华小满笑着和来客一一握手，一脸高兴地对王清云说："您给我们村帮了大忙，还得好好感谢您呢。这不，围栏和涝池的活，很快就有眉目了，真是感激不尽啊。"

王清云摆摆手，道："客气了，客气了，不就是举手之劳吗？哪里配得上让老弟如此感谢，真是羞煞我也，再不敢说了。"

其他几位客人，见他俩如此熟悉，也不好意思再说石头的事了。华小满却提醒他们道："几位无需客气，来，来，随便看。"

几位"阔佬"这才起身去看那几个架子上的石头了。也许是见小满刚才的慷慨和他与王清云的关系如此交好，反而显得畏首畏尾起来。

王清云说："不客气，既然小满老弟发话了，各位随意，不需要拘束。"

他们三人这才恢复了"老板"的神态。各自挑了十来块，就要出钱，小满倒是越发大度了，说了九个字："刚说了，看着给，不客气。"

让英子万万没想到的是，他们竟然每人拿出了十万元，她看着小满，小满也蒙了，连忙对王清云说道："刚才说过的，只收本金，不赚一分钱。"

王清云乐了，说道："他们咋会知道本金多少？"

小满这才恍然大悟，便让英子收了每人一万。这举动使得王清云很高兴，给英子竖起了拇指。接着，华小满带领王清云和那三位南方朋友一同去看了古槐树，这才想起带客人去镇上看看。小满打电话叫来了木匠楚惠安，安排他将刚才选出来的石头包装好，还叮嘱是发往南方的，要包装好了，不能路上坏了，并给了他发货地址。一位客人又拿出一万元，非要给小满，说是托运费，要他一定得收下。那两位也各自出了一万，任由小满怎么推辞，他们非得要给，他只得把钱交给了宝和，才带着朋友们去了。

有了华小满的参与，一直困惑村里的大事很顺利地解决了，方雨花书记非常欣慰。她来到涝池工地，见华小满正指挥人卸车，卸的是河沙和石子，便不解地问道："小满，从哪里拉来的石子、河沙，要这些干吗？"

小满告诉她说："这可是好东西，用它铺垫池塘，水就不会变质发臭，以后这池塘也是咱村里的一道风景了。"

他又指着那堆由塘里取出来的石头，说："方书记，这次给树木焊围栏，还有北梁上的栏杆所用的钢管，都是王清云发来的，我知道咱们没法入账，他也不会要，说送给咱们，咱也不能白要人家的。我就想，把这堆塘里起的石头给他拉走，我看了，那里不少是他喜欢的石头，咱也做个顺水人情，不就是有了不让他'白出资'的理由了吗。"

方雨花一听乐了，说："小满，这样一来，咱不就成了占人家便宜了吗？"

华小满说："不会的，我了解他，给钱他绝对不会要的，他就喜欢石头，给他这些，也是各取所需不是？"

方雨花说："这怎么说，让人家笑话咱村，说咱白占人家便宜？"

小满道："各得其所，没什么'白占便宜'的。"

方雨花想了想，说："得在会上讨论一下，虽说不算事，一个人也不能做主，毕竟是'工私'的问题了。"

小满乐了，方雨花也乐了。

来村里的人越来越多，宝和的手艺跟师傅学的也越来越精，他的几件作品竟然得到一位老匠人认可，还特意从省上来看他。得知这位老艺人是曾经给许多古代建筑做活的，他便要拜老人家为师，又得小满出面成全。没料到，随着他接触人越来越多，竟然在一个风和日丽的日子里，他得到了一位来自省城女子的垂青。那女子长得眉清目秀，就是手臂有一点残疾，不注意根本发现不了。她是跟着父母来走亲戚，顺便来看陈炉石的，不期来到奇石馆，恰好宝和接替英子看一会儿店。正遇上两个老人带领一位姑娘来看石头，老两口看上去是文化人，都戴着眼镜，文质彬彬，那姑娘二十多岁，大眼睛，长发飘飘，一袭白衣，显得很靓丽。一口标准的普通话，进门先是让父母坐下，给两人要了水，拿出一小包药，让那似她父亲的吃药。然后就去欣赏石头，还不住地询问宝和，这块石头多少钱，那块多少钱，石头上的纹路，等等。完了又和那男的说："爸爸，我喜欢那块，很像飞天的那块。"

她又看了下边的标价，说道："啊，一万五，太贵了！"

宝和二话没说，就上前把那石头从架子上取了下来，放在桌子上，说："这样看，看得仔细。"她莞尔一笑，道了声"谢谢"，宝和便接着说："不客气，你能来咱店里，是咱的荣耀。"

他也不知道自己今天是怎么说出这话的。只见那姑娘很认真地查看着石头，还不时地问他："这些石头都是这儿的山里出来的？石头没有经过加工吗？这石头埋的有多深？"

她一连串的问话，宝和也不慌不忙地有问必答，说出了"白垩纪""奥陶纪""远古""酸雨"等诸多的词汇，那女子脸上现出对他很关注的神情，不住地发出轻轻而又甜甜地应答："啊，啊，啊！"似"知道了"，又似"理解了"的意思。尤其她最后那一句"你懂得真多"一句，令宝和陶醉不已。她轻声地问宝和道："价格能不能低点，太贵了。"

他毫不犹豫地说："可以，你说多少钱就多少钱。"

这时。英子正进门，和两位老者打招呼，宝和抬头看到了姐姐，就说道："姐，"他指着桌子上的石头说道："她看上这个了，你不在，我就让她说了价，你看……"

知弟莫若姐姐，英子看宝和那眼光，便随口说道："你看着办，你说了算。"这时，只见那姑娘看着宝和笑了，笑得很甜蜜，宝和似乎顿时变得不会说话了，他红着脸，支吾了半天也没说出个什么。还是那女子不失时机地说出了一句："一千咋样？"

宝和看看那女子，那女子正看着他，眼睛里露出梦幻般的柔光。

英子笑了，她笑着对坐着的二位老人说："这是您二位的女儿吧？"

那位老头道："是的，是我们的女儿。"

英子道："女儿长得真好看，您二老真有福。"

这时，华小满带了两个西瓜进门，看到店里客人和主人，便笑着对宝和说："宝和，去切西瓜，天可真热。"

宝和应声抱了西瓜去里屋切，外边，英子和两位"文化人"模样的老人说话。她像老熟人似的，很快就了解这一家三口人的身份，文质彬彬的老汉是大学教授，那女的是在大学图书馆工作的，白衣女子是他们的女儿，身体有轻微残疾，她名叫"紫云"，是两位知识分子的宝贝女儿。

英子说话落落大方，而宝和也显得很热情精干，对两位老者印象不错。说话间，英子也介绍了包括小满、宝和在内的他们家人，最后说："我就是为我弟弟发愁。"她这适宜的一句话，给那老两口发了一个信息，似乎是"说者无心，听者有意"了，而她的心思小满也心领神会。宝和麻利地把切好的西瓜端上桌，又特意地取了餐巾纸放在每个人面前，这看似随意的动作，很得那姑娘好感，她连声"谢谢，谢谢"，而宝和却说"不客气"，也就是他的"不客气"，使得两位老人很是开心，对他一致好评。

临了，英子对那紫云说："你看上这块石头，就让宝和拿去包装一下，大姐做主，送给你。"

那紫云以为听错了，她看看她的父母，她母亲说，你先得谢谢你这位大姐姐，那么贵重的东西。那位教授说："不敢，不敢，少出几个钱就算了，怎么好白拿，使不得，使不得。"

英子说："有什么使得使不得，不就一块石头吗，说值钱就值钱，说不值钱，也就是一块山里的石头吗。"

她让宝和拿去包装起来，还特意交代"要钉结实"了。宝和抱着石头去他们木工房，紫云也一同去了。这边，英子和紫云的父母又说起了宝和，说他自小身体弱，多病，现在好了，也有 27 岁（她刻意说的年龄），说现在什么都不缺，唯一放心不下就是她的弟弟宝和，而那紫云的母亲也说，他们老两口也是一样，就是女儿的婚事，让他们夜夜睡不着，"急死人了"，又说到了他们做石头生意的问题，英子当然也说："钱没多少，唯一就是弟弟的婚事令她挂心。"那老教授和他夫人，高兴地赞道："你真厉害，你家弟弟也有福气，摊上你这位好姐姐，真是他的造化。我家姑娘，心地善良，孝顺，只是她心高得很，一般人看不上，把人急得跟啥一样，她不急，还说不要我们操心。你说，能不操心吗。"

他们围绕着他们的"老大难"长吁短叹，小满只是倒水沏茶。说话间，他们老两口也知道了华小满大学毕业，还是研究生学历，也知道他有着大的抱负，便谈得越发投机了。

那紫云随宝和去了木工房，她看到院里堆满了做好的各种底座和包装箱，很是惊讶。只见宝和手脚麻利地找出一个，十分熟练地又锯又拉。她问宝和道："哥哥，这些都是你做的吗？"

宝和回答道："还有我师父，他今天不在。"

"你们一个月制作多少这个？"她问，"也去山里采石头吗？"

宝和很老实地说：“不，一般是村民挖了，拿来的。我们基本是代卖。”

紫云若有所思地问道：“你们一个月能收入多少？”

宝和道：“具体的我不知道，估计多的时候几万、十几万也说不准，也有没收入的时候，具体的，我不操那心，都是我姐、姐夫他们管。”

只见宝和很麻利地把石头包装好，他将那木箱子和石头一并抱起，就出了门。紫云去喊她爸她妈。英子和小满送老两口出来，那紫云的父亲把一辆奥迪车开过来到石馆门前。看着他们一家三口坐车离去，宝和若有所思地站在那儿一动不动。

紫云姓项，他父亲是著名学者项芳儒，母亲吕秀英，大学图书馆的管理人员。前边讲过，项紫云身有微疾，却很有志向，可怜命运捉弄人，唯以诗歌解忧。擅长格律诗词，为本省著名诗人。她性格倔强，用她母亲话讲，叫“想一出，是一出”，老两口几乎也随她愿。昨天，忽然说，要去看陈炉石，今儿一大早便出发。没想到，一到这儿便看中了我们前边说的那块石头，有缘似的就遇上英子、宝和与小满，竟然人家就将那价格不菲的“石头”送给了她，似乎有缘一般，一向不拿别人东西的她，竟然“心安理得”地接受了。而吕秀英和项芳儒也并没有感到太过惊讶。直到他们开车出了山，那吕秀英才觉得他们今天的唐突，那位学者也觉得哪里不对劲。唯有当事人项紫云像没事人一样，坐在车上，依旧是兴趣盎然，兴致勃勃。

坐后排的吕秀英对开车的项芳儒说：“今儿咱怎么就白要人家东西，我心里忐忑，总觉得哪里很不对劲儿。”

丈夫项芳儒道：“给你报价了，不是嫌价格高吗？不问你要钱了，又觉得不对劲儿，还真是难说话得很。”

副驾驶上的项紫云不耐烦了，说："你们怎么都这样，车都走了一百多里地了，心还在那地方转圈，嫌白拿人家东西了，还不是本来就不想出钱，或者少出钱，疑惑吗？矛盾吗？有现在这样的耿耿于怀，还不如得过且过，省得揪心扯肚，喋喋不休。"

吕秀英骂她一句"没良心的"，一路无话。

这天，高宝和与他姐夫华小满正在店里接待客人，小满向客人介绍石头怎样形成的故事，宝和突然接到一个电话，是省城来的。对方很轻的声音问他："你知道我是谁吗？"宝和一下愣住了，除了他姐英子以外，更别说其他女性的电话，他一下蒙了。

过了一会儿，那人说："我是省城的项紫云，在你家拿奇石的，'飞天'，记得不？想起来了吗？对对对，是我呀，你怎么就忘了，对，就是我，哈哈，这不是没事吗，就想起了白要你家一块石头，不，一件艺术品，我衷心地再一次谢谢你们全家，首先是你家的那位漂亮的大姐姐！大姐姐她好吧！嗯，你送给我的石头，好多人都说好呢。"

小满看宝和同电话里的人说得很投机，便示意他到门外说，宝和便去到了门外的树下。电话里的她，依然不紧不慢地对他说着"非常啰唆"的话："宝和呀，那山里石头很多吗？在土里，得挖多深，怎样才能知道哪块土里有石头，哪块土里没有？那里的山沟深吗？山里有没有野兽，像豺狼、老虎、白鹿、黑鹳、花豹，等等，还有……"

这宝和也不厌其烦，有问必答，还很认真，煞有介事。他姐什么时候站在他身后，他也不知道，他和那项紫云的对话，既幼稚又好笑，既单纯也认真，惹得她实在不好意思窃听了，才悄然离开。

进到店里，她笑着把刚才见到宝和的事和华小满讲了，小满自然乐得合不拢嘴。

他说:"知道,没想到竟然是那女子,也许,也许宝和要交桃花运了,好事嘛。"

英子却又黯然神伤起来,小满见了,问道:"咋啦,你不高兴吗?"

英子叹气地说道:"唉,他,人家看得上他吗?这可不是乱碰、乱对,人家是有眼睛的。"

小满说道:"那也不一定,人们不是常说,有缘千里来相会,无缘对面不相识?我看未必,等着瞧吧。如若真成了,那就叫'石为媒',也是一桩美事,一个奇闻轶事也说不定的。"

英子听了,神情夸张地说:"但愿如此!"惹得小满想笑又不敢。他说:"看看吧,这一个电话说了多长时间还没结束,说不定真的有戏,我是非常看好的,你说是不是?"

店里来客了,她还纹丝不动,入定一般。引得来人不住地向她看一眼,又看一眼,小满心里乐,却强忍住。

红红来了,进门见状,本来要说什么,也被英子的神态吸引,把其目的给忘了,待在原地一动不动,雕塑一般。良久,英子叫她:"嫂子,你怎么啦?站那儿干啥,坐。"

一下让小满憋不住,终于笑了出来:"哈哈,哈哈,哈哈哈!"这时,宝和打完电话进屋来,不明白姐夫为何傻笑不止,便问英子,英子也忍不住乐了,说:"你们都是神经病,神经病。"

宝和晕了,他再看看嫂子,也和他一样,呆若木鸡。有人来说挖了几块石头,要交给他们,他们这才安定下来。

这时，老牛倌来了，小满赶紧沏茶倒水，向老牛倌问好。老牛倌也不说什么，从衣袋里掏出一件东西，递给小满，说这是他在涝池边上捡的，已经很多年了，昨天偶然在收拾柜子时发现的，他也看不出是个什么东西，让小满看看。小满这才仔细地打量这个物件，看了半天也看不出个究竟。

他对老牛倌说："看上去是个古物，我对这方面知识的确欠缺，过两天有考古专家来了，请他们看看。"

老牛倌又拿出一件东西，这个小满认得，说是弩机，锈蚀太厉害了。问他从哪里来的，他说也是那"涝池"里的。

小满感慨地说道："这池塘不简单，什么时候修的，不知道。谁修的也不知道，只能用'沧桑、古老'来说了。"

红红在一边看了，说："我娘家也经常出古物，有一把古剑，青铜的，被村民当拐棍拄，断了，被人拿到城里，人家说，若不断，能值很多钱；断了，就没人要了。"

他们说起了闲话，就见那村民把才挖的石头送来了。

店里只剩小满和英子时，英子跟小满说起了她弟弟的事。小满却笑得合不拢嘴，觉得英子也是"脑子抽筋""异想天开"，他说："有些事，看上去是美好的，实际是不着边际的，可以想象，可以憧憬，但不可以幼稚，你还真的以为那女娃看上咱宝和了？就算是她看上了宝和，她父母也未必同意，不用想，想，就是幼稚，不成熟。不想，从其他方面去考虑，或许才是正确的。"

英子说："我看不一定，凡事都有个例外，万一有戏了，你会怎么说？"

"呵呵，没有万一，即便是有万一，也不是万一，哪有那么多万一？"小满也觉得自己说绕了，结巴着不知怎么说。

英子说："宝和都说那女娃有意思。"

小满不作声，他一时半会儿也不知该说什么，只有乐呵着说道："或许太阳真的照到了咱宝和了，叫什么？叫老天开眼，哈哈哈！"

英子见他说话不着调，就不理他了，拿起电话叫宝和，说："宝和，你在哪儿，那娃说，他啥时候来？啊，明天，确定吗？好好好！"

她挂了电话，神气十足地看着小满，说："不要把人看扁了，人家女娃明天就来！"

小满不吭声了，连说："好好好，咱这就去准备，我去市上买菜。"

这时，恰好书记方雨花来找华小满，走到门口，正听到他们夫妻说话，便乐呵呵地说道："好事呀，可喜可贺，可喜可贺！"

她手里提着一个牌匾，进门便笑着对小满和英子道喜，她说："咱小满被区上评为'建设新农村带头人'的优秀人才，奖状我带回来了。刚听你们说宝和的事，我真的很高兴，这也是一桩喜事！英子，还不来接着。"

英子和小满都被这突如其来的惊喜震住了，一时不知怎样表达。

尾　声

又是春花红，依旧春归来。日子有着如同叙事诗一般滚动的韵律，在光影中划过。方雨花梦中醒来，又拿起那稿件，定睛在"陈炉石"三个字上，考虑再三，觉得有些不妥，便提笔写出了"英满东山"四个厚重的大字。

为乡村振兴，为巩固脱贫攻坚成就，她曾经多次去那山村里，体验领略当代农村的真实面貌。见过诸多的英子以及小满，当代年轻人的思想和思维，是具有超前性的，也是站得更高，望得更远。这便是时代的脉搏，时代的声乐，是青山绿水、蓬勃向上的好时代。当然，也有英子的乡愁，也有小满的幽梦，都是在实实在在的大地上，要站得更高，望得更远。

英满东山，字面意思是开满鲜花的东山，其实是根据文中两个主人公的名字，高玉英和华小满，各取一字，加上出产陈炉石的东山而得，预示故事展开的人物和地点。方雨花兴致勃勃地又翻了一遍书稿，这几万字的稿子，是她近年来工作的总结，当然，作为文学作品，是首次，也是羞于见人的。当代年轻人的思维是新颖和不断翻新的，不会墨守成规，而有着良好素质的两个年轻人，或许能走出一条更新的大道，是满怀希望和具有诗意的。要真正做到像"朝阳沟"里唱的那样，"在这里一辈子我也住不烦"的境界和意识，不只是激情和热情，而是要有一定的经济基础，还得有超前的发展眼光。

英满东山，寓意站立在阳光照耀的地方，朝气蓬勃，欣欣向荣，当然也会有阴霾烟雨，这就是他们面对的路。平常的日子，平凡的路，而并不是什么都可以无须努力的，英子与小满，照例得面对琐屑，面对许多的婆婆妈妈，在平凡的日子里踏踏实实地前进，不一定大步，但一定是朝前的。现代化不会从天上掉下来，国家富强也得是大河小河都有水才行。像歌里唱的那样，希望在田野上，首先是在心里，在日常的琐屑之中和乡间小路上。

没有冲突也就不是"小说"，跌宕起伏她当然不会设计，也不会营造，也就权当工作随笔罢了。方雨花万万没有想到，华小满和英子能将他们苦心经营的奇石馆交与村里，这似乎和许多人的想法截然不同。小满说得好，离开了组织，离开了乡，离开了这块土地，就连石头的命名都是问题，变得毫无意义。他还提出了"关于高华村如何发展传统农作物的浅见"，实事求是地阐述了很多有板有眼的见解，也给她极大的触动。因石头而引发了很多想法，也体现了当代农村新青年的胸襟，甚是可喜可贺。

她打开手机，放一首当地一位作家作词谱曲的歌《陈炉石》，由当地歌唱家演唱。那高亢、悠扬、辽远的歌声，很有穿透力，美感十足。

晨光照亮清梦，
看见万丈浩空。
……